あるかもしれないけど……
どう？　試してみる？」

「くらうどふぁんでぃんぐ……
なんだ、これは？」

「じゃあ、ユウトくんの
理想の結婚相手を教えてよ」

赤坂朱音

明るく人当たりが良い。
気に入った相手を困らせるのが
好きというSっ気のある一面も。

一人暮らしを始めたら、姉の友人たちが家に泊まりに来るようになった　1

友橋かめつ

CONTENTS

When I started to live alone,
my sister's friends started to stay at my house.

イラスト　えーる
キャラクター原案・漫画　真木ゆいち

プロローグ　僕の一人暮らし

When I started to live alone,
my sister's friends started to stay at my house.

一人暮らしの家の玄関ドアを開けると、おっぱいが出迎えてくれた。

身長が百五十センチに満たない僕からすると、身長百六十五センチ以上ある女子と相対すると目の前の位置に胸があるからそう見えた。

視線を少しだけ上げると、高校の制服に身を包んだ女子と目が合った。

制服の赤いリボンは、僕の一つ上の学年の二年生のものだ。

「ユウトくん、おかえりー♪　遅かったじゃん。何してたの？」

「委員会の仕事があったから学校に残ってたんです」

「ただ働きだってのによくやるよねー。ユウトくんはほんと真面目だなあ。どれ。お姉さんが労（ねぎら）ってあげよう」

「ちょっ……!?」

気まぐれな猫が上機嫌な時にだけ浮かべるような微笑（ほほえ）みをたたえ、彼女――赤坂朱音（あかさかあかね）さんは開口一番僕にハグをしてきた。

「今日も頑張ったねー。えらいぞー。よしよし」

甘くて柔らかい身体（からだ）に包み込まれ、頭の芯がじんと痺（しび）れる。先ほど目の前にあった二つの膨らみに顔が埋められ、溶けてしまいそうだ。

うわ。アカネさん、凄く良い匂いがする……！　抱きしめられると気持ちいい……。ぬるめのお湯に浸かってるみたいだ。

「は、放してください……！」

「そう照れるなってば。スキンシップスキンシップ♪」

アカネさんにとってはスキンシップ程度の軽いノリかもしれないけど、曲がりなりにも思春期男子の僕にとっては刺激が強い。

理性が本能の波にさらわれてしまう前に、どうにかハグから抜け出した。

「えー。まだ全然ユウトくん成分を補給できてないのにー」

「知りませんよ……」

危なかった。

僕が長男だから我慢できたけど、次男だったら我慢できなかった。

「ま、いっか。後で存分に堪能すれば。疲れたでしょ？　ほら上がった上がった」

まるで自分の家のように促してくれるアカネさんだが、ここは彼女の家じゃない。ここは僕が一人暮らしするアパートだ。

ちなみに同居しているわけでもない。

アカネさんはこうしてしばしば僕の部屋に入り浸っていた。

玄関口で靴を脱ごうとした時、たたきに並ぶ女性ものの靴が目に入った。アカネさんのものと思われる脱ぎ散らかされたローファーの他にも二足並んでいた。片方は寸分の狂いもなくきちんと揃えられており、もう片方は靴底がすり減っていた。

　これらは僕の靴じゃない。

　ということはつまり——と働き始めた思考を妨害するかのように、廊下の先のリビングから香ばしい匂いが漂ってきた。反射的にお腹の虫が反応する。

「ぐう、だってさ。かわいい」

「い、いいでしょ別に」

　ニヤニヤしながらからかってくるアカネさんを振り切ってリビングに向かうと、猫の額ほどの狭い台所でエプロン姿の女性が料理をしていた。

　一つ年上の先輩である白瀬奏さんだ。

　彼女もまた、僕の部屋に入り浸っている一人。

　その姿を目の当たりにした僕は驚きに顎が外れそうになった。

　カナデさんが身につけていた猫のプリントされた可愛らしいエプロン——その下には何も着ていなかったからだ。

　裸だった。

「ユウトくん、おかえりなさい。もうすぐご飯ができますから。今日はあなたの大好きなオムライスをご用意しました」

「いやいやいや！　それどころじゃないですから！　カナデさん、どうしてエプロンの下に何も着てないの!?」

「？　何か問題が？」

「ありまくりですよ！」

「料理をする時には、身体を清潔に保たなければいけませんから。そのためにはエプロンの下に何も着ないのが最適です」

抑揚のない声で理路整然と述べられると、そうなのかなと一瞬納得しそうになる。でも冷静に考えると全然納得できる内容じゃない。

「いやいやいや！　だとしても何も着てないのはダメですよ！　風邪引きますし！　目のやり場にも困りますし！」

「別に私は気にしませんが」

「僕が気にするんです！」

「……どぎまぎするユウトくん、かわいい」

カナデさんは僕の反応を前に、愛おしそうに胸に手を置いていた。

どうして僕だけがどぎまぎしてるんだ……。

カナデさんが着ていたエプロン——その胸元にプリントされた猫は、カナデさんの胸の大きさに耐えかねて顔を拡張させていた。でかい。

「ユウトくんもご飯の前にシャワーを浴びてきてください」

「シャワー？　手を洗うだけでよくないですか？」

「いいえダメです。外界の汚れは家の中に持ち込まず、全て洗い流さないと」

「白瀬さんは潔癖症だからねー」

とアカネさんが頭の後ろで手を組みながら言った。

「よければ、私が洗ってさしあげましょうか。身体の隅々まで丁寧に、ほんの少しの汚れも残さず綺麗にしてあげます」

「ええっ!? だ、大丈夫です！　一人で洗えますから！」

「ですが……シャンプーが目に入ってしまうかもしれません。それに浴室で足を滑らせて頭を打ってしまうかも……」

「いやいや、心配しすぎですよ」

「湯船で百数える前にのぼせて倒れてしまったり、タオルで身体を強く擦りすぎて肌に傷がついてしまったら……」

「どれだけ虚弱だと思ってるんですか！」

カナデさんは僕の体力ゲージは常に赤色だと思っているのだろうか？　僕が頼りないが故にそう見えてしまうのだろう。くやしい。

「とにかく、一人で大丈夫ですから！」

リビングに二人を残して足早に浴室へと向かうと、手前の洗面所で制服を脱ぎ、脱いだ服を畳んでから浴室の扉を開けた。

カナデさんが沸かしてくれたのだろう。浴槽にはお湯が張っており、室内にはほんのりと湯気が立ち込めていた。

「ふう。湯船に浸かってゆっくりしよう……」

今日一日の疲労が含まれた息を吐きながら浴室に足を踏み入れようとした時、湯船の中に膝を抱えた状態で沈んでいる女性の姿が見えた。

「うわあああああ!?」

悲鳴を上げて僕が尻もちをつくと共にざばーんと激しい水しぶきが上がり、さっきまで湯船の中で膝を抱えていた女性が姿を現す。

長く伸びた黒髪が顔をすだれのように覆い隠し、幽霊みたいになっていた。

犬のように全身をブルブルと激しく震わせると水滴が飛び散り、かき上げた黒髪の間から凜とした顔立ちが露わになった。

「い、イブキさん……なんでここに?」

「実は私の家のガスが止められてしまってな。銭湯に行く金もないから、ユウトの家の風呂を借りに来たのだ」

一つ上の先輩、一ノ瀬イブキさんは照れくさそうに笑う。彼女は僕の部屋の隣に住んでいるお隣さんだった。僕の部屋に入り浸るうちの一人でもある。

「それは百歩譲って構わないとしても……なんで体育座りを? 普通に肩くらいまでお湯に浸かればよくないですか?」

「普段はガスがもったいなくて水風呂に入っているからな。久々の熱い風呂をつむじから足先まで堪能したかったのだ」

「な、なるほど……。というか、前隠してください！」

「む？」

「いや、丸見えなので……！」

「何を隠すことがあるものか。私は恥に思うような身体作りはしていない。誰に見せても恥ずかしくない肉体だ！　そうだろう？」

「そういう意味じゃなくてですね⁉」

僕がイブキさんと押し問答を繰り広げていた時だった。

「おーい、ユウトくーん。大丈夫？」

「凄い音が聞こえましたが、無事ですか？」

浴室の外からアカネさんとカナデさんの呼び声が聞こえてきた。僕の悲鳴と尻もちの音を聞きつけて、何やら非常事態だと思ったらしい。

「あ。ちょっと待ってください――！」

僕が制止するより早く、僕のことを心配して駆けつけてくれたアカネさんとカナデさんが浴室の扉を開け放った。

勢いよく開け放たれた扉。

その先から現れた二人の視線の先には、一糸まとわぬ姿の僕がそびえ立っていた。

しばしの間、流れる沈黙。

通常であればこの後、女性陣がきゃーと悲鳴を上げる場面。

けれど――。

「わーお♪」

「……かわいい」

アカネさんとカナデさんは微笑ましげに僕を見つめていた。

「うわあああああ!?」

悲鳴を上げたのは僕だけだった。

僕の家に毎日のように入り浸る年上の女性たち。

念願の一人暮らしを始めたはずなのに、どうしてこんなことになったのか。その理由を説明するには少し前まで遡る……。

第一章　新生活の訪れ

When I started to live alone,
my sister's friends started to stay at my house.

僕——田中ユウトは昔から年上の女性によく可愛がられた。

顔立ちが中性的で、背が小さかったのが可愛かったのだろう。

母親や姉はもちろんのこと、親戚、近所の人たち、街で会った初対面の人たちに至るまで皆が子供時代の僕のことを寵愛してくれた。

それまで機嫌が悪そうにしていた女の人でも、僕と一度目が合おうものなら、自然と穏やかな微笑みを浮かべてしまう。

家族でハワイに旅行した際、すれ違った外国の女性たちは皆、当時三歳だった僕を見ると「ＯＨ！　エンジェル！」と黄色い声を上げたらしい。僕のほっぺにキスをしたくて、外国人のお姉さんたちが列を成したこともあるのだとか（僕は覚えていないけど）。

年上の女性からすると、どうやら僕は母性を掻き立てられる存在らしい。だから僕は昔からよく世話を焼いてもらった。

そう話すと、大抵の男子たちは羨ましいという反応を返してくる。年上のお姉さんたちにモテモテだなんて最高じゃないか。俺も甘やかされたいと。

皆、何も分かっちゃいない。僕は別にモテてるわけじゃない。

彼女たちが口にする可愛いという言葉は子供やペットに向けるのと同じ感情で、異性として意識しているわけじゃない。

母性を掻き立てられるというのは、つまり放っておけないということで、僕は頼りない存在と思われているということだ。

実際、自分でも頼りないと思う。

今年から高校生にもかかわらず、僕は一人で電車にも乗れないし（乗る時は常に母か姉が付き添ってくれたから）、靴紐も満足に結ぶことができない（靴紐がほどけた時は、母か姉が結んでくれたから。マジックテープ式なら一人でも履ける！）。

このままでは自分一人では何もできない人間になってしまう……！

危機感を覚えた僕は、高校入学の前に一大決心を固めた。

——高校入学を機に、一人暮らしをする。

散々考え抜いて出した結論を、家族全員が一堂に会する夕食の席で切り出した。僕なりに勇気を振り絞って口にしたのだけど——。

「見てよお母さん。この激辛料理に使われてる香辛料、鷹の爪の二十倍辛いんだって」

「あら〜すごいわねえ。だけど、お母さんそもそも鷹の爪を食べたことがないから、どのくらい辛いのかいまいちピンとこないわあ」

「こんなもの、料理に対する冒瀆だろう。けしからん」

バラエティ番組の激辛料理企画に家族全員が釘付けになって聞いてなかった！

顔中色んな液体塗れになりながら激辛料理に食らいついていくお笑い芸人や俳優たちを見ながら会話に花を咲かせている。

「あの！　皆、僕の話聞いてる!?」

「え？　ごめんなさい。ユウくん、もう一回言ってくれる？」

「だから、一人暮らしがしたいんだ」

「…………」

僕がさっきよりもハッキリとした声量で言い放つと、母さんはしばらく呆然とした表情を浮かべた後に――。

「――はっ！　もしかしてこれが反抗期かしら!?」

おかしな結論に至ったようだった。

「ユウくんも立派になったわねえ。お母さん嬉しい。でも気づかなかったわあ。マキはユウくんに反抗期が来てたことに気づいてた？」

「気づかなかった。あ、でもそういえばこの前、部屋でこっそり蛍光灯のヒモに向かってシャドーボクシングしてたような」

と僕の姉であるマキねえが言う。

「うわあああああ！　どうしてそれを!?　というかそれは単に不良漫画を読んだ後に気持ちが昂ったただけだから！」

「あらあら〜。ユウくんったら、漫画に影響されたのねえ。分かるわあ。お母さんも『ローマの休日』を見た後はオードリー・ヘップバーンになるから」

「反抗期を迎えるのは構わんが、盗んだバイクで走り出したりはするなよ。人様に迷惑を掛けるようなことはするな」と父。

「違うから！　漫画を読んだ影響でシャドーボクシングはしたけど！　反抗期じゃないし一人暮らしをしたいのは別の理由！」

僕は一人暮らしをしたいと思った理由を家族に向けて説明した。このままじゃ自分一人では何もできない人間になってしまうからと。

「――だから家を出て自立したいんだ」

「一人暮らしをするとなると、費用が必要になるでしょう？　どうするの？　敷金や礼金も必要になるのに」

「子供の頃から使ってないお年玉をずっと貯めてきたんだ。これだけあれば、敷金礼金や初期費用には足りると思う」

僕は持参した封筒の口を開けると、使わずに取って置いたお年玉を取り出した。ほとんど手つかずだからそれなりの額がある。

「うわすご。おねーちゃんは一円も残してないのに」とマキねえが驚嘆する。

「それに家賃や生活費はバイトして自分で稼ぐよ。この辺りは家賃が安いから、頑張ればどうにかなると思う」

「一人暮らしは大変よ？　ご飯を作ったり、掃除や洗濯だってしないといけないし。実家にいながら自立していけばいいじゃない」

「ありがとう。だけど、それじゃダメなんだ。僕は今までずっと、父さんや母さん、マキねえや周りの皆に頼ってばかりきたから。そんな自分を変えたい。でも実家にいたらそれはできない。僕は頼りなくて弱い人間だから。母さんやマキねえに甘えてしまうと思う」

「いいじゃない。頼れるのなら、頼れば。甘えられるのなら、甘えれば」

母さんの優しさをありがたく思いながら、けれど僕は小さく首を横に振る。そして自分の胸の内にある正直な思いを告げた。

「僕は頼るだけじゃなくて、頼られる人になりたい。誰かに助けられるだけじゃなくて、誰かを助けられる人になりたいんだ」

ずっと甘やかされていた僕が、そんなことを言うとは思っていなかったのだろう。母さんもマキねえも唖然（あぜん）としたように目を丸くしていた。皆が言葉を詰まらせ、リビングはまるで海の底のように静まり返る。

「――いいんじゃないか」

長い沈黙を破ったのは、それまでずっと黙り込んでいた父さんだった。筋肉がみっちりと詰まった太い腕を組みながら、僕の方をじっと見据えている。

「お父さん？」

「お前がそうしたいと思って決めたことだろう。なら俺はそれを尊重する。ユウト、自分の思うようにやってみろ。

家賃は出してやる。お前は全部を自分で賄うつもりのようだが、バイトにかまけて勉強が疎かになっては意味がないからな」

「父さん……」

「ただし生活費はバイトをするなり何なりして自分で稼げ。いいな」

「うん。分かった」

「お前たちもそれでいいな？」

父さんは母さんとマキねえにも同意するように求める。

我が家は母さんとマキねえの女性陣が強いように見えるけど、肝心なところでは父さんの決断が優先されていた。

「そうねえ。お父さんがそう言うのなら」

母さんやマキねえは渋々というふうに承諾してくれた。

その言葉を聞き届けた後、父さんは腕組みをしながら僕に向かって告げた。

「言っておくが、お前が一人暮らしで堕落した生活を送っていることが分かれば、即座に家に連れ戻すからな」

「――うん」

子供の頃からずっと、母さんやマキねえとは打って変わって父さんは厳しかった。

九州男児である父さんは有言実行、口にしたことは必ず実行する。

僕の成績が落ちたり、だらけた生活を送っていると分かれば、情状酌量の余地なく即座に実家に連れ戻されることだろう。

だけど、言われるまでもなく、僕は堕落した生活を送るつもりはない。

「ちゃんと真面目に生活するよ。約束する」

なぜなら、それこそが僕が自立した人間になるための道だからだ。

こうして僕は高校入学を機に一人暮らしを始めることとなった。

☆

春休みの間に僕が一人暮らしをするための部屋を契約した。

高校から歩いて五分のところにある二階建ての古い鉄筋アパート。

築十六年という僕とちょうど同じ年のその建物は、一階と二階にそれぞれ五部屋ずつという慎ましい規模感だった。

七・六帖の洋室に、テレビや冷蔵庫や洗濯機、冷房などの家電などが備え付けられた上で家賃は四万円。通りからは外れているので、周りが閑静というのも良い感じ。

敷金はなしで礼金が一ヶ月分と少なめだったので、浮いた分のお年玉でソファーや本棚などの家具を買いそろえた。

「この部屋全部が、僕一人の空間だなんて……」

実家にいた頃はマキねえと同じ部屋で布団を敷いて寝ていた。

普通なら小学校の高学年くらいで姉の方が嫌がりそうなものだけど、僕を溺愛していたマキねえは高校生になった今まで姉弟いっしょを許容した。むしろ僕が離れようとしてもそれを嫌がるくらいだった。

不満があったわけじゃないし、マキねえのことは好きだったけど、プライバシーの守られる空間が欲しいと思ったのは事実だった。

今はこの部屋の全てが僕一人の空間だ。

ここで何をしようと自由。たとえ電気のヒモを相手にシャドーボクシングをしようと誰に見られてしまうこともない。

「一人暮らしなら、気兼ねなく友達を家に呼んだりとかもできるよね。週末なら泊まりで遊んだりもできるし」

そのために家からゲーム機を持ってきたし、泊まりにきた友達が寝る時に使う用に布団も余分に買っておいた。

仲良くなった友達と週末に夜を徹してゲームをしたりして遊ぶ。

何時まで起きていても自由。

布団に寝転がりながらクラスの気になる子を教え合ったりする。

中学生の頃に経験した修学旅行の日の夜――あの全てから解き放たれたようなワクワクする時間をこれからはいくらでも過ごせる。

そう考えるだけで今から浮き足立ってきた。

「まあ泊まりに来るような友達が出来たらの話だけど」

高校デビューに失敗して友達が出来なかったら、誰も家には泊まりに来ない。宿泊者用の布団やゲーム機のコントローラーは押し入れの中で眠ったままだ。そのことを想像すると熱に浮かされていた気分がすっと醒めていった。

どうにか友達は作りたい……！

たとえ泊まりに来るような友達が出来たとしても、遊びにうつつを抜かして勉強や生活をおろそかにするつもりは毛頭なかった。

家賃を負担して貰う代わりに成績を落とさないのが父さんとの約束だし、堕落した生活を送っているようでは自立できない。

頼るだけじゃなくて、頼られる人になりたい。誰かに助けられるだけじゃなくて、誰かを助けられる人になりたい。

だからそのためにも僕は一人でも立派に生きていけるようになる。

自分のことをちゃんとできるようになって初めて、他の人に頼られたり、助けたりすることができるようになるのだから。

桜が散り始めた頃に緊張しながら高校に入学した僕だけど、桜が完全に散った頃になると新しいクラスの雰囲気にもすっかり慣れた。

入学式に新クラスの自己紹介、委員決めなどを経た四月の中旬にはもう、クラスメイトの顔と名前はだいたい一致するように。

懸念していたスタートダッシュにも躓(つまず)くことなく無事に走り出せた。決してクラスの中心ではないけれど、何人か仲の良い男友達も出来た。

「なあユウト、見ろよこの前撮ったクラス写真。俺、中々良い写りじゃね？　薄目で見ると結構イケメンじゃね？」

仲良くなった男子の一人——隣の席の高橋(たかはし)が僕に同意を求めてくる。以前撮ったクラスの集合写真の現像したものを見せてきた。

「僕は見ないよ」

「なんでだよ」

「高橋の前に立ってる自分の背の低さを直視したくないから……」

集合写真の二列目に並ぶ高橋の前には、僕の姿が写っていた。クラスで一番背が低い僕は集合写真の時も一番前だった。後ろに並ぶと、埋もれて見えなくなるからだ。

「お前、やけにそれを気にしてるよな。そういえばシャッター切る瞬間、踵を浮かそうとしてなかったか？」

「そうすれば、数センチは身長をかさましできるからね」

「じゃあ、他の奴より二、三歩前に出ようとしたのは？」

「遠近法を利用したら、少しは大きく見えるかなと。……まあ、それはカメラマンの人にバレて撮り直しになっちゃったけど」

そして結局、クラス写真に写ってるのはプレーンな僕だ。身長百五十センチ未満の僕は男子の中では群を抜いて背が低い。中性的な顔立ちも相まって、男子の制服を着てなかったら髪の短い女子に見えないこともない。

「やったことはともかく、お前のその執念は尊敬するぜ。——そうだ。薄目で見てみたらいいんじゃね？　背が高く見えるかも」

「薄目はそこまで万能じゃないと思う」

薄目で見たら雰囲気イケメンに見えることはあっても、背の高さはぼやかしたところで別に伸びて見えたりしない。

そもそも根本的な問題は解決しないのだから意味はない。もっともそれは踵を浮かしたり遠近法を利用しても同じだけど。

「まあ気にすんなよ。お前の価値は背が低いくらいで損なわれたりはしないからさ」

「おお……」

「どした、ぼーっとした顔してよ」

「急に格好良いセリフが飛んできたからビックリした」

「日頃使ってる言葉が、その人間を形作るんだ。真のイケメンになるためには、イケメンな言葉を心掛けなきゃな」

「なるほど……確かに」

「だから背が高くなりたいなら、それを日頃から口にすればいいんじゃないか？　言霊の力ってやつだな。よし！　これからは毎日、牛乳とかしじゃもとかカルシウムの高い食品の名前を連呼していこうぜ！」

「言霊はそこまで万能じゃないと思うけど」

牛乳とかししゃもは実際に口にしないと意味ないと思った。

「そういえばユウト、お前一人暮らしだよな」

「え？　うん」

「マキさんみたいな美人の姉ちゃんがいて、なんで実家を出る必要があるんだよ。俺なら絶対出ないけどな」

高橋に限らずクラスメイトは全員マキねえのことを知っている。入学してから頻繁に僕の様子を見に教室を訪れたからだ。

一時期はほとんど休み時間ごとに来ていた。

「実家にいたらマキねえに甘えちゃうから」

「いいじゃねえか。俺ならマキさんに甘えまくるぜ。リュウジくんは甘えん坊だなあって呆(あき)れられながら膝枕をして貰うんだ。ぐへへ」

「スケべって言葉がこんなに似合う表情初めて見た。というか、さっきイケメンな言葉を心掛けてるって言ってなかった？」

「自分の気持ちに嘘(うそ)はつけねえ」

「格好良いんだかスケべなんだか」

　それにしても……。

　高橋の憧れはいかにも姉のいない人が抱くものだなあと思う。姉相手によこしまな感情を抱いたりはしない。

「ユウトはマキさんだけじゃなくて、マキさんの友達のお姉さま方に廊下で声を掛けられたりもしてるじゃねえか」

　明るくて人当たりの良いマキねえは非常に顔が広く、その弟である僕はマキねえの友達の上級生に声を掛けられることがあった。

「この前の移動教室の時もモテっぷりを見せつけやがってよー。お姉さま方にハグされてるのを見た時にはさすがの俺も嫉妬したぜ」

「モテてるって言うけど、それは犬とか猫と同じくくりのモテ方だよ」

「だとしても羨ましいことには変わりねえ。お前は今、飢え死にしそうな人間の前でパンの味に不満を述べてるようなものだぜ？」

「それは下手するとボコボコにされかねない……！」

知らず知らずのうちに他の人からは反感を買っていることがある。もう少し言動に気を付けないとなと思う僕だった。

「けど、一人暮らしに夢があるのも確かだよな。好きなものを好きなだけ食えるし、生活リズムを自分で決められる」

「そうだね」

「家に女の子を呼べるってのも良いよなあ」

「まあ……呼ぶ相手がいたらの話だけど」

「俺が一人暮らしをするとしたら、女の子が毎日遊びに来るような、夢のハーレムライフを送りたいもんだぜ」

「女友達が一人もいないから、僕には叶（かな）えられそうもないなあ」

そもそも高橋の言うハーレムライフにはあんまり憧れがない。

「取りあえず、俺は今度遊びに行くわ。徹夜でゲームしようぜ。先に寝落ちした方が負けの桃鉄九十九年ルールな」

「いいね。やろうやろう」

徹夜で友達とひたすら桃鉄をやり込む。

それはまさに僕が憧れていた生活だった。

放課後、図書室で本を何冊か借りてから帰ることにした。

一人暮らしで生活費を節約しないといけないから買わずに借りた。大人になってお金が入ったらちゃんと買って作家さんに還元しようと思う。

学校から歩いて徒歩五分のところにあるアパートへと帰ってくる。

高校生活のスタートダッシュは無事に切ることができた。

友達も出来たし、高橋が今度うちに泊まりに来ることになっている。今からいっしょに遊ぶのが楽しみだなあ……。

高橋は毎日女子が遊びに来るような一人暮らしがしたいって言ってたけど、僕は泊まりに来た男友達と徹夜でバカ騒ぎするような日々を送りたい。

バカ騒ぎとは言ったけど、実際にバカ騒ぎしたら隣室の人に迷惑が掛かるから、大声を出したりはしない。あくまで心持ちの問題だ。

そんなことをぼんやりと考えながら家に帰ってきたものだから、ドアノブを引いた時に鍵が掛かっていないことに気づかなかった。

ノールックのまま玄関で流すように靴を脱ぐと、大股なら一歩で跨げる程度の短い廊下とリビングを繋ぐ扉のノブに手を掛けた。

扉を開けてリビングに踏み入った僕の視界に飛び込んできたのは——ソファにうつ伏せに寝転がった制服姿の女子だった。

――――え？

制服姿の女子と目が合った瞬間、空間全体が凍り付いた。

えーっと、これはいったいどういうこと？　全く知らない人が僕の家で、まるで実家みたいにくつろいでるけど……。そもそも玄関ドアには鍵を掛けていたはずだ。泥棒が入ったのか？

そういえば――とそこでふと思い出す光景。

ぼうっとしながら歩いていたから気づかなかったけど、部屋に帰ってきた時、僕は鍵を使わなかったような……。

つまり元々、部屋の鍵は開いていた。

しかしそうなると不可解な点が出てくる。

朝、学校に行く時に僕は間違いなく鍵を閉めた。ちゃんと施錠したかどうか気になって一度引き返して確認したから絶対だ。

制服姿の女子と目が合ってからここまで一秒未満。

フル回転した僕の脳はある結論を導き出した。

――これは知らない人が僕の部屋にいるんじゃない。もしかして僕が帰ってくる部屋を間違えてしまったのでは……？

そう考えると色々と不可解な点の辻褄も合ってしまう。

つまりこうだ。

ぼーっとしていた僕は本来帰るべき部屋じゃなくて、うっかりその一つ手前にある部屋に入ってきてしまった。

事態を把握すると同時にすうっと血の気が引いていった。

「す、すみません！　部屋を間違えました!!」

全力の謝罪を繰り出すと、熱した鉄板に触れた時みたいな素早さで踵を返した。慌てて部屋から飛び出すと、廊下の壁に背をつけながらへたり込む。

最悪だ……！　まさか他の人の部屋に間違って入ってしまうなんて……！　しかもよりにもよって相手は女の人だった。

きっと怖い思いをさせてしまったに違いない。

後で菓子折を持って改めて謝りにいこう……！

許して貰えないかもしれないし、住居侵入罪だから通報されても仕方ないけど、せめて謝意は伝えないと……！

後悔のため息をつきながら立ち上がり、振り返ると、僕の視線は部屋の玄関ドアの右上に掲げられた表札に釘付けになった。

『田中』

「……え？」

何度見返してもその表札には僕の名字が記されていたし、改めて見ると部屋の位置も僕の部屋と同じ二階の角部屋だった。

――うん。やっぱりここ、僕の部屋だよね？

えーと、つまり……どういうことだろう？

しばらく逡巡した後、恐る恐る部屋へと舞い戻った僕は、リビングのソファでうつ伏せにくつろいでいた制服姿の女性に声を掛けた。

「あのー」

「お。戻ってきた。おかえりー」

制服姿の女性は僕に気づくと、手元のスマホから顔を上げた。目を細めると、気さくにひらひらと手を振ってくる。

耳に付いた銀色のイヤリングの輝きにドキリとする。

やっぱり知らない人だ。

けれど、凄く綺麗な人だなあ。

垢抜けてるっていうか、年上の女の人って感じがする。僕と違ってこれまでにたくさんの経験をしてきたんだろうな。

「つかぬ事をお尋ねしますけど、ここって僕の部屋ですよね？」

「君がユウトくんならね」

「僕は田中ユウトですけど」

「じゃあそうだね。ここはユウトくんの部屋だ」

制服姿の女性は軽い調子でさらりとそう告げると、ぱっと破顔した。

「そっかあー君がユウトくんかー。聞いてた通りの可愛い見た目してんね。こんな子が弟なら溺愛するのも分かるなー」

「僕のことを知ってるんですか？」

そういえば彼女の制服の赤いリボンはマキねえと同じ二年生のものだ。もしかしてマキねえと知り合いなのだろうか——という考えがよぎった時だ。

「あ、ユウト。帰ってたんだ」

噂をすればなんとやら。洗面所に続く扉が開いてマキねえが姿を現した。手を洗った後にちゃんと拭いていないのか、手のひらにはまだ水滴が残っていた。

そういうがさつなところ、凄く気になる。だけどそれより気になるのは……。

「マキねえ、どうしてここに？」

「ユウトの一人暮らしはどんなものか気になって様子を見に来たの」

「扉には鍵が掛かってたはずだけど……どうやって開けたの？」

「それはまあ、おねーちゃんパワーで♪」

「全然説明になってないし……」

「おねーちゃんは弟の部屋に対しては、アバカムが使えるのだ！」

「マイナーすぎてほとんど誰も覚えてないドラクエの鍵を開ける呪文の名前を出されても反応に困るんだけど」

「ぶっちゃけ合鍵を使いました」

身も蓋もない答えだった。

部屋を契約する際、僕は何かあった時のために合鍵を作って両親に預けていた。恐らくマキねえはそれを持ってきたのだろう。

「その人はマキねえが連れてきたの？」

僕はソファに寝転がっている制服姿の女子に視線を向ける。

「あ、紹介するね。この子、おねーちゃんの友達の赤坂アカネちゃん。放課後にヒマしてるところを誘ったらホイホイついてきた」

「何か楽しそうだからついてきちゃいましたー」

アカネさんはソファの上にあぐらを掻きながらヘラヘラと笑う。穴の開いた風船みたいに気怠そうな佇まいだった。

相手は先輩ということもあり、僕はぺこりと頭を下げた。

「いつも姉がお世話になってます」

「おおっ。礼儀正しいね」

「おねーちゃんの育て方が良かったからねえ」

僕を褒めるアカネさんを前に、ふふんと誇らしげに胸を張るマキねえ。マキねえのことは好きだけど、特に育てて貰った覚えはない。

「ユウトくんの話はマキからよく聞いてたから。一回会ってみたくてさー。それで今日はお邪魔したっていうわけよ」とアカネさんが言う。

「マキねえが僕の話を？」

「そうそう。ユウトくんがいかに可愛いかって話を延々とね。だから二年の女子は全員君のこと知ってるよ」

「それでよく上級生に声を掛けられるのか……」

「でも、実際に会ってみたらビックリした。ユウトくん、予想以上に可愛いんだもん。目もくりくりだし、睫毛（まつげ）も女子並みに長いし。ビューラー使ってる？」

「使ってませんけど……」

「ビューラー使ってなくてそれは、天性の才能だね。化粧水とかは？　寝る前にこまめに塗ったりしてる？」

「特にしてないです」

「うわ。何もしてないのにそのきめ細やかな肌かよ。あたしたち女子は毎日肌を保つために必死に努力してるっていうのにさ。ムカつく」

「はあ」

　初対面の相手にムカつかれてしまった。

「生意気な後輩くんには、教育が必要だねえ」

　教育……？　もしかして焼きを入れられてしまうのだろうか——？　と僕の心に不安の影が差し込んだ時だった。

　アカネさんはがばっとソファから身体を起こすと、「おらっ、抱かせろっ」と言いながら勢い良く僕に抱きついてきた。

「ちょっ……！」

「そんなに可愛くてどうするつもりだー？　うい奴め。このこのー」

　とアカネさんは僕を抱き寄せると、頭をわしわしと撫でてきた。

　ちょうど僕の顔の位置にアカネさんの胸があるので、抱き寄せられると自然に僕の顔はその二つの膨らみに埋められることになる。

　い、息ができなくて苦しい……！

「二人、もう仲良しになったんだねー」

　マキねえは僕たちの様子を見ながら嬉しそうにしていた。

　どこをどう見たらそうなるんだ！

　今まさに弟、窒息させられそうになってるけど！

　声を上げることができないので、アカネさんの身体をタップして助けを求めると、彼女はそれに気づいてくれたらしい。

「あ、ごめんごめん。ちょっとキツかったか」

あはは、と笑いながら放してくれるアカネさん。

危うく部屋が事故物件になるところだった……！　というか、自力で拘束を解くことのできない自分の非力さ加減に情けなくなる。

くっ……僕にもう少し力があれば……！　と大切なものを守れずに挫折する物語序盤の主人公みたいなことを思った。

あ、そうだ、とアカネさんは思い出したように口を開く。

「そういえばユウトくん、さっきあたしを見て部屋を間違えたと思ったでしょ。大慌てで飛び出していったもんね」

「そ、それはだって、アカネさんがあまりにも自然にいるものだから……。まるで自分の家みたいにくつろいでましたよ？」

「あたしは初めて上がった部屋でも実家みたいに振る舞える能力者だから。他人の家の冷蔵庫も我が物顔で開けられるし」

「めちゃくちゃ迷惑な能力だ……」

「だけど、この部屋は何か特別居心地が良いんだよねー。落ち着くっていうか。実家よりも実家って感じがする」

「ここはアカネさんの実家じゃないですよ」

「ユウトくん、冷たくて草」

そう言いながらも、アカネさんはどこか嬉しそうだった。素っ気なくあしらわれることを楽しんでいるようにも見える。

「それじゃ、そろそろおねーちゃんは帰るね」

「えっ？」

僕たちのやりとりを微笑ましげに眺めていたマキねえの言葉に僕は驚いた。

「どしたの、そんなビックリした顔して」

「いや、てっきりもっと居座るものだとばかり……」

「あんまり長居してると、お父さんに怒られちゃうから。ユウトの一人暮らしを邪魔するなって口酸っぱく言われてるし」

「父さんが……」

「干渉するだけが愛じゃない。黙って見守るのも愛だって」

「おお、格好良い……！」

「母さんに耳掃除して貰いながら言ってた」

「シチュエーションはあんまり格好良くなかった……！」

言葉とそれを口にする状況が噛み合ってない気がする。そういうことは耳掃除されてる時以外に言って欲しかった。

だけど、父さんのその気持ちは嬉しい。

そして、それをちゃんと汲み取ろうとしてくれたマキねえも。

「じゃあまた学校でね。あと、たまには実家にも顔出しなよ」

「うん」

そう告げるとマキねえはあっさり部屋から去っていった。

絶対に居座ろうとするだろうから、どうやって帰って貰うかという策をずっと頭の片隅で巡らせていた僕は拍子抜けしてしまう。

マキねえが帰ると、後には僕一人だけが残された。

——と、思っていたのだけど。

「……え？　アカネさんは帰らないんですか？」

アカネさんはマキねえがいなくなった後も、ソファの上に寝転がっていた。何食わぬ顔でスマホを弄っている。

「ん？　どして？」

「いや、マキねえといっしょに来たから、てっきりいっしょに帰るものかと」

「マキはお父さんに言われてるから帰ったんでしょ？　あたしは別にマキのお父さんから何も言われてないし。てか他人だし」

アカネさんはごろんと寝返りを打った。帰るつもりはないらしい。

「マキねえがいたらアカネさんがいる理由になりますけど、マキねえが帰ったら変な感じになりませんか？　お互いに関係性ないし」

「あるでしょ、姉の友達っていうのが」とアカネさんが言う。「それだけでここに居座る理由には充分だと思うけど。友達の弟の部屋は実質、あたしの部屋みたいなもんだし」

「違うでしょ。姉の友達、権力持ちすぎですから」

あと、弟ってだけで僕の立場が弱すぎるでしょ。それがまかり通るなら、姉の友人たちは皆この部屋を溜まり場にできることになる。

「ほらユウトくん、こっちこっち」

ソファから身体を起こしたアカネさんが、ひょいひょいと手招きしてくる。

何だろう……？　怪訝に思いながらも言われるがまま歩み寄る。

アカネさんがテーブルの上に置いたチョコの袋――彼女が持ち込んだのだろう――の中から個包装された一つを取り出した。

「はい、あーん」

包装を解くと、人差し指と親指で摘まんだ小粒のチョコを差し出してくる。

「え？」

「あたしのお気に入りのお菓子。お裾分けしてあげる」

「はあ。ありがとうございます」

せっかくの好意を無碍にするのも、一度差し出させた手を引っ込めさせるのも失礼かなと思ったので口にすることに。

「どう？　おいしい？」

「あ、はい。おいしいです」

頬をもごもごさせながら答えると、アカネさんは満足そうに微笑む。

気を遣ったわけじゃなく、実際、甘くておいしかった。

「あたし、この後バイトがあるんだけどさ。ここからだと場所も近くて行きやすいし。時間になるまでいさせてよ」

「………」

ごくり、とチョコを飲み込んだ後のことだった。

なまじお裾分けを貰ってしまったが故に、無下にもしづらい。貰った以上、何か返した方がいいのではと思ってしまうのが人間の性だから。

たぶん、アカネさんはそうなることを目論んでいたのだろう。

まんまと引っかかってしまった。

「ほんの一時間半くらいだからさ。おねがい」

アカネさんは「このとーり」と両手を合わせて上目遣いで頼み込んでくる。それは断ることに罪悪感を覚えるほどの魅力的な表情。

一時間半なら大した長さじゃない。それにチョコを貰ったこともある。

いくつかの理由が積み重なった末に、僕はとうとう観念した。

「……そういうことなら、まあいいですけど」

「さっすがユウトくん、話が分かるー♪」

結局、アカネさんの要求を呑むことになった。

まあバイトまでの時間を潰すだけって言ってたし……。

家主である僕の公認を得たアカネさんはごろんとソファに再び寝転がった。実家に帰ってきた時みたいに早速くつろいでいる。

普通、初対面の人にこんなふうにされたらムッとしそうなものだけど、僕はアカネさんに対してそういう気持ちは抱かなかった。

図々しいのは図々しいんだけど、不快にならない図々しさというか、この人は仕方ないなと思わず受け入れざるを得ない雰囲気が彼女にはある。

懐に入るのが上手いというか、憎めない愛嬌があるというか。ソファに寝転んでいる姿はどこか猫のように見えてくる。

猫がわがままをしても、本気でキレる人はほとんどいない。むしろその奔放さに愛情を抱いてしまう。

「バイトまでの時間、どうやって潰そうかいつも困ってたんだよね。ちょうどいい溜まり場を見つけられてラッキー♪」

「え。今日だけじゃないんですか？」

「そりゃまあ。あたしはシフトで働いてるから」

「そのたびに僕の家に来るつもりなんですか？」

「他に行くとこなくてさー。友達は部活とかで忙しいし、一回家に帰ろうにもバイト先は遠いから不便だし」

「学校の図書室とか良いんじゃないですか？」

「試したことはあるけど、あそこって凄い眠くなるじゃん？　目が覚めた時にはとっくにシフトの時間が終わってた」

「熟睡しすぎでしょ……」

「スマホを見たら、店長から鬼のように着信入っててさ。いやー、あの時はさすがのあたしも生きた心地がしなかったね」

あははと笑い話のように語るアカネさんだが、自分だったらと思うとぞっとした。よくクビにならなかったものだ。

「その点、ここならもし寝ちゃっても、ユウトくんが起こしてくれるだろうし。店からも近いから通勤も楽チン」

「……ちなみにシフトって週何回くらいなんですか？」

「週三だけど？」

つまりこの人は週三日は僕の家に入り浸ろうとしていると……。

マキねえが連れてきた友達――アカネさんによって、僕の一人暮らしに早速暗雲が立ち込め始めるのを感じていた。

第二章　姉の友人たち

授業の終わりを告げるチャイムの音が鳴り響くと、それまでぴんと張り詰めていた教室の空気が弛緩する。

先生が教室を出ていくと、キツく縛られていた袋の口がほどけたように会話が飛び交い始めた。すると隣の席に座っていた高橋が僕の方を向いた。

「ユウト、後生だ！　ノートを見せてくれ！」

「爆睡してたから、きっとそう言うんじゃないかと思ってた。はい」

僕は手元のノートを高橋へと差し出した。

「ありがてえ……！　この恩義は一生忘れねえ……！」

「それはちょっと重いかな」

「分かった。じゃあ、ノートを写し終えるのと同時に忘れるぜ！」

「それはもうちょっと覚えておいて欲しい」

極端すぎる。

ゼロか百かじゃなくて、その間くらいでお願いしたい。

「けどお前、真面目だよな。ほとんどの生徒が寝てる中、律儀にノート取ってるし。世界史の飯島先生の授業、あれもうほとんど催眠術だろ」

「僕は堕落した生活は送れないから」

一人暮らしをする代わりに、学業の成績は落とさない。

そう僕は父さんに誓いを立てた。

だから、それを破るわけにはいかない。

「すぐに写し終わるから、ちょっと待っててくれな」

「うん」

高橋が僕のノートを写している間、手持ち無沙汰になったので視線をさまよわせる。

廊下を上級生たちがぞろぞろと連れだって歩いていた。皆、手元に同じ表紙の教科書と筆記用具を持っている。移動教室だろうか？

過ぎ去っていく人たちの中、一人の女子生徒がふと何かに気づいたように、後ろ歩きをしながら教室の前へと引き返してきた。

彼女は窓際の席にいる僕を見据えると、片手をメガホンみたいに口元にあてて、間延びした声で呼びかけてきた。

「おーい。ユウトくーん」

アカネさんだった。

手をひらひらと振るアカネさんは、僕が気づいたと見ると目を細める。教室の敷居を跨(また)ぐと、僕の元へ歩いてきた。

僕の席に歩いてくるアカネさんを、クラスの男子たち全員が見ていた。視線を可視化したら釘付けになってるのがハッキリしただろう。

それまで傍でバカ話に花を咲かせてゲラゲラ笑っていた男子たちも、どこか呆けたように羨望の眼差しでアカネさんを見ている。

「ここのクラスだったんだね。見つけたから思わず引き返してきちゃった」

目の前にやってきたアカネさんは座った僕を見下ろしながらそう言うと、窓際の僕の前の席を引いてそこに座った。

それを見て近くにいた男子が「あ……」と声を漏らした。

彼――西島くんはアカネさんの座っている席の主だった。

「もしかしてここ、君の席だった？　ちょっと借りてもいい？」

「は、はい！　俺なんかの席でよければいくらでも！」

「ありがと♪」

アカネさんにお礼を言われた西島くんは、鼻の下がだらしなく伸びていた。

アカネさんは僕の方へと振り返ると、机の上に頬杖をつき、にやりと意地の悪い嗜虐的な笑みを浮かべた。

「さてユウトくん。どうしてさっき、見ないフリをしようとしたのかなー？」

「うっ」

見抜かれていた。

アカネさんに呼びかけられた時、僕が反射的に目を逸らしたことを。そうすればアカネさんが諦めて去るんじゃないかと思ったことを。

「家に行った仲なのにさ。素っ気なくされたらおねーさん悲しいなあ。そんなにあたしのことが嫌いだったのかな？」

「そっちが勝手に押しかけてきただけじゃないですか。別に嫌いってわけじゃないですけど……」

「へー。じゃあ、好きってこと？」

「えっ」

「あたしはユウトくんのこと、結構気に入ってるんだけど。片思いだった？」

組んだ両手の甲に顎を乗せながら、わざとらしく残念そうにするアカネさん。上目遣いに見つめられるとたじろいでしまう。

「……アカネさん、僕を困らせて楽しんでますよね？」

僕がそう指摘すると、アカネさんは「バレた？」と小さく舌を覗かせた。イタズラ好きな子供みたいに無垢に笑っている。

呆れ混じりのため息をついた僕は言う。

「無視しようとしたのは、注目されたくなかったからです」

「ん？」

「今もクラスの男子が皆、アカネさんのことを気にしてます。で、アカネさんと話してる僕には嫉妬の念が……」

表面上は平静を装おうとしているけれど、クラスの男子たちは全員、アカネさんの一挙手一投足に釘付けになっていた。

マキねえの友達の上級生に可愛がられることが多い僕は、クラスの男子たちからは嫉妬の念を抱かれていた。今もひしひしと伝わってくる。視線がもし矢になったら、僕の全身は今頃穴だらけになっているだろう。

「なるほどねー。確かにずっと見られてるのは居心地悪いか。だったら注目されないようにすればいいんじゃない？」

「どうやってですか？」

「まあ、見てなって。忍法、雲隠れの術～」

アカネさんは窓に掛かっていた白いカーテンを教室側に引っ張ると、僕たちの姿はカーテンの内側にすっぽりと覆い隠された。

「どう？　こうすれば外からは見えないでしょ？」

「いかがわしさが上がって、却って注目されるような……」

「うわ、ユウトくん、何想像してるの。やらし」

「ち、違いますよ！　僕が想像してるわけじゃないです！」

僕が慌てて弁明すると、その様子を見たアカネさんがニヤニヤと笑う。僕の反応を引き出せて満足そうにしていた。

「けどユウトくん、窓際の一番後ろなんて特等席じゃん。授業中、居眠りしててもスマホ

いじっててもバレないし」

「そんなことしませんよ」

「早弁とか近くの席の子と絵しりとりできるし」

「そんなことしませんよ」

「え。じゃあ授業中に何するの？」

「授業中は授業を受けるんですよ！」

むしろそれ以外に何があるんだ？

アカネさんは感心したように口元に手をあてる。

「ユウトくん、真面目だねー。ノートもちゃんと取ってるみたいだし。字も綺麗」

「いやいや、これが普通ですから」

「授業って四十五分もあるじゃん。その間、集中力保つのムリすぎない？　あたしは十分持ったら良い方だわ」

「それはもうちょっと頑張ってくださいよ……」

「もしかすると来年はユウトくんと同じ学年になってるかもね。その時はクラスメイトになれたらいいなー」

「心配するところはそこじゃないでしょ」

そうならないように真面目に授業を受けて欲しい。

僕たちの姿をすっぽりと包み込んだカーテンの向こうから、次の授業の始まりを告げるチャイムの音が響いてきた。

「アカネさん、次、移動教室でしょ。急がなくていいんですか？」

「へーきへーき。ちょっとくらい遅れても。チャイムが鳴り終わってから一分二分くらいは先生も大目に見てくれるし。何ならサボってもいいし」

「いやいやダメですよ！　ただでさえまともに授業受けてないのに！　サボらずにちゃんと出席くらいはしてください！」

「あはは。ユウトくん、お母さんみたい」

茶化すように小さく笑うアカネさん。

僕はその腕を掴むと、席から立ち上がらせようとする。

「ほら、行きますよ」

「え？　どこに？」

「移動教室に決まってるじゃないですか。アカネさん一人だとサボりそうですから。僕も教室までいっしょに付いていきます」

「いや、そしたらユウトくんが遅刻しちゃうじゃん」

「そうなりますね」と僕は言った。「だけど、やむを得ないです」

「ちょ……え？　それマジで言ってる？」

「マジで言ってます。アカネさんが授業をサボる方が問題ですから」

そう告げると、僕はアカネさんの腕を引いた。

「さあ、行きましょう」

「わ、分かった分かった！　行けばいいんでしょ！　行けば！」

僕の意思が本気だと理解したアカネさんは、目に見えて狼狽していた。今までのような余裕めいた振る舞いはそこになかった。

アカネさんは、はあー、と観念したように深いため息をついてから言う。

「あたし、こう見えて押しに弱いタイプだから。ユウトくんにそこまで言われたら、素直に従わざるを得ないなあ」

「分かってくれましたか」

「それにあたしのせいでユウトくんが遅刻したとなるとバツが悪いし。マキからもお叱りが飛んできそうだからね」

アカネさんは「降参しまーす」とおどけながら両手を挙げると、連行される囚人のようにゆっくり席から立ち上がった。

雲隠れするためのカーテンから抜け出すと、教科書と淡いピンク色のペンケースを胸元に抱えながら教室から出ていこうとする。

その後ろ姿を眺めながら、アカネさんを言い負かせた……！　と僕が密かに勝利の余韻を噛みしめていた時だ。

「ユウトくん、可愛い顔して意外と強引なところもあるんだね。そういうの、おねーさんは嫌いじゃないよ」

「なっ――!?」

くるりと踵を返したかと思うと、柔らかな暖色の微笑みを向けながら、教室の男子たちに聞かせるようにそう言った。

「意外と強引だと……!?」

「田中の奴、カーテンの中でいったい何をしたんだ!?」

「も、もしかしてあんなことやこんなことを!?」

アカネさんの意味深な言葉に、男子たちからの嫉妬の視線が集まる。

こうなることは当然、織り込み済みだったのだろう。つまりこれは先ほどの僕に対する意趣返しだった。

「じゃあねー♪」

去り際のアカネさんはしてやったりという表情をしていた。

やられっぱなしで終わるつもりはないということらしい。

クラスの男子たちからの嫉妬や羨望の念を一身に受けながら、やっぱり彼女は一筋縄ではいかない人だなと思うのだった。

放課後になると、クラスメイトの大半は部活へと向かう。

一年生はちょうど今、仮入部の期間だった。

運動部だったり文化部だったり色々な部活をお試しした後、自らの高校三年間を捧げるに値すると思う部活を選ぶ。

　けれど、僕は蚊帳の外だった。

　中学の頃から部活をしていなかったし、バイトを始めようと思っていたから、そもそも部活に入るつもりはなかった。

　部活に向かう生徒たちを尻目に校門を出ると、アパートへと戻ってくる。二階の自室に続く階段を上ろうとした時だ。

「おかえりー」

　階段の途中に腰掛けていたアカネさんが手を振ってきた。

「……何してるんですか?」

「言ったでしょ。バイトまでの空き時間を持て余してるって。今日もこの後、シフトまでちょっとヒマしてるんだよね」

　だから僕の部屋で時間を潰そうと考えたらしい。

「部活とか入らないんですか?」

「一年生ならまだしも、あたし二年だし。今から出来上がってる人間関係の中に溶け込むのは面倒臭すぎる」

　そう言うと、アカネさんは返す刀で僕に尋ねてくる。

「そういうユウトくんは? 入んないの? 部活」

「僕は体力がないから、運動部には付いていけそうにありませんし。部活に入ったら生活費を稼ぐためのバイトをする時間もなくなりますから」

「そんなの親に頼み込んで出して貰えばいいじゃん」

「自立するために一人暮らしを始めたから。家賃以外は自分でどうにかしたいんです」

「ふーん。まだ若いのに立派だねー。あたしだったら脛はかじれるだけかじるけど。労働なんて社会に出たら嫌でもしないといけないんだし」

　アカネさんは年寄りみたいなことを言うと、

「ねえねえ。ユウトくんの目から見ると、あたしは何部っぽい？」

「え？　部活、入ってないんですよね？」

「イメージの話」

「そうですね……ダンス部とか？」

「ほほう、その心は？」

「ダンス部の人って華やかなイメージがあるから。アカネさんは垢抜けてるし、似合うんじゃないかなって……」

　アカネさんは「へー」と頬杖をつきながら相づちを打つと——。

「もしかして口説いてる？」

「ち、違いますよ！　思ったことを素直に言っただけです！」

「ってことはユウトくん、そんなふうにあたしのこと見てくれてたんだ？　アカネさんは華やかで垢抜けてる、並び立つ者はいない絶世の美女だって」

「そこまでは言ってませんけど」

「まあでも、褒められて悪い気はしないやね」

「ちなみにアカネさんから見ると、僕は何部っぽいんですか？」

気になったので尋ねてみる。

「んー。ユウトくんは女子バレー部とか女子バスケ部……」

「いや僕、男なんですけど」

「——のマネージャーってところかな。マスコット枠も兼任してるって感じ。部員のためにちょこちょこ走り回ってそう」

「プレイヤーですらなかった！」

アカネさんから見ると、僕にはまるで運動できそうなイメージはないらしい。実際そうだからぐうの音も出ないのだけれど。

僕はアカネさんの傍に置かれた箱に気づくと「あ」と声を上げた。それは近所のチーズケーキが有名なお店のものだった。

「お、気づいた？　ユウトくん、これ好きなんでしょ？」

「どうしてそれを……」

「マキに聞いたの。お気に入りのお店なんだって。だから手土産に買ってきた。あたしもそれくらいはちゃんと弁えてるからね」

アカネさんはにこりと微笑む。

「さあさあ、早く部屋で食べようよ」

「そうやって上がり込もうとしてません？」

「したたかでしょ？」

「自分で言うことじゃないとは思いますけど」

けれど、アカネさんを部屋に上げる理由が出来てしまったのは確かだ。このまま彼女を帰らせてしまえば、チーズケーキは食べられない。

結局、僕はアカネさんをまた部屋に上げた。

「おじゃましまーす」

ひょひょいとローファーを脱ぐと、アカネさんは部屋に上がり込む。リビングのソファにごろんと仰向け（あおむけ）に寝転がった。

「あー。やっぱり落ち着くなー」

すっかりリラックスしている。

「今さらなんですけど、抵抗とかないんですか？」

「ん？」

「いや、一人暮らしの男の部屋に上がるのって普通ならもう少し警戒するというか。躊躇（ちゅうちょ）してもいいと思うんですけど」

「ユウトくん、あたしに何かするつもり？」

「た、たとえばの話をしただけです！」

僕の狼狽っぷりを見たアカネさんはくすくすと笑った。

「まあ、そんなにテンパってるようじゃ手は出せないか」

「………」

「ちなみに心配はご無用。あたし、合気道の心得があるから。もし獣になったユウトくんが手を出そうとしてきても、返り討ちにできるよ」

「そ、そうですか」

「ただ、あえて抵抗しないってこともあるかもしれないけど」

「え」

「どう？　試してみる？」

ソファに寝転んだアカネさんが、挑発するように見上げてくる。細められた猫みたいな目に呑み込まれてしまいそうだ。

「だ、大丈夫です！　間に合ってます！」

反射的にそう口走ると、

「僕、コーヒー入れてきますね！」

とその場から逃げ出した。

「おー。ユウトくん、気が利くねー♪」

台所に立った僕は、鍋に入れた水道水を火に掛ける。

耳が熱い。脈が速くなっている。

インスタントコーヒーの粉末が入ったコップに沸騰したお湯を注ぐと、少しばかりの牛乳を入れた。

アカネさんの寝転ぶソファの前にあるテーブルに二人分のコップを置くと、コーヒーの匂いが湯気となって部屋に広がる。

「えーっと、ケーキを載せるお皿は……」

「洗うの面倒だし、ティッシュの上に載せればいいじゃん」

「だらしなくないですか？」

「それくらいの雑さがないと息切れしちゃうよ。ほれ」

アカネさんはお皿代わりのティッシュの上に、ベイクドチーズケーキを載せる。僕の分も用意してくれた。

「さてと、食べよ食べよ」

「いただきます」

僕はフォークで小さくケーキを割ると、そのかけらを口に入れた。濃厚なチーズの風味がいっぱいに広がった。

「おいしい……！」

「喜んで貰えてよかった」

アカネさんは僕の反応を見て満足そうに微笑む。

僕はフォークを使ってケーキを食べているけれど、アカネさんはそれすらも面倒なのか端っこの部分を手摑みにして食べていた。豪快だ……。

チーズケーキを食べ終えたアカネさんは、指をぺろりと可愛らしく舐めながら、部屋の中に視線を巡らせる。

「お、ゲームあるじゃん。いっしょにやろうよ」

アカネさんの目に留まったのは、据え置きのゲーム機だった。京都に本社がある大手のメーカーから発売された最新機種。

一人暮らしを始める時に実家から持ってきたのだった。

「アカネさん、ゲーム好きなんですか？」

「まあね。小学生の頃、ストブラで地元で敵ナシだったから。相手が残り一機になったら担いで道連れにするくらい勝ちに貪欲だった」

「嫌われるのも厭わないプレイングだ……！」

アカネさんなら不思議と許されそうな気もする。男子たちに混ざって遊んでいたのが目に浮かんでくるようだ。

「うちは対戦できるのはレースゲームしかありませんけど」

「全然おっけー。ぶち抜いちゃる」

ということで、いっしょにゲームに興じることに。

ゲームの電源を入れると、ソファにアカネさんと隣り合わせに座る。コンピューターを交えて八台でのレースの火蓋が切られた。

「ふっふっふ。あたしのドライビングテクを見せてあげる」

ゲーム好きを公言するだけあり、アカネさんの腕前はかなりのものだった。カーブでは見事にドリフトを決め、開始早々先頭に躍り出る。

そのまま独走しそうな勢いだ。

けれど——ゲームの所有者である僕がそう易々と負けるわけにはいかない。

カーブでのドリフトやコースに点在するショートカットを駆使し、アカネさんのカートのすぐ後ろにぴたりとつけた。

「お、ユウトくんも中々やるねー」

「僕は負けず嫌いですから」

花を持たせて勝たせるなんてことはしない。相手にも失礼だし。

「そうこなくっちゃね。本気で来ないと、張り合いがない」

僕たちは、互いに一歩も引かない接戦を繰り広げる。

「んーっ……！」

アカネさんはカーブを曲がる時、コントローラーといっしょに自分の身体も曲がる方向に倒す癖があるみたいだった。今もちょうどカーブに差し掛かったところだ。

左側に曲がる時には僕のいる方に倒れてくるから肩と肩が触れ合う。肩に掛かる長さの髪から良い匂いがしてドキリとした。

——ダメだダメだ。集中しないと……！

頭の中に過（よぎ）った煩悩を打ち払う。

ゲームの所有者である僕にはコースの情報が手に取るように分かる。純粋なテクニックではアカネさんに軍配が上がるだろうけど、コースのギミックを存分に利用した僕がやがてトップに立った。

トップの順位を維持したまま、最終ラップへと突入する。

――よし、このまま行けば勝てるぞ！

そう思った時だった。

「――ふうっ」

カーブに差し掛かった時、アカネさんが僕の耳元に息を吹きかけてきた。全身にぞわりと電流のような痺（しび）れが駆け抜ける。

「うわあああ!?」

慌ててハンドルを切ったけれど、時すでに遅し。

僕の操作していたカートはコースを大きく外れると、崖の下に転がり落ちていった。復帰するまでの間に、後続にごぼう抜きされる。

「ちょっと！　何するんですか！」

「ユウトくんにちょっかい掛けたくなっちゃって」

「手元を狂わせるためでしょう!?　卑怯(ひきょう)ですよ!」

「言ったでしょ。あたしは勝ちに貪欲だったって。抜かれるくらいなら、場外乱闘を仕掛けることもいとわない」

アカネさんは悪びれた様子もなくそう言うと、

「悔しいなら、やり返してみれば?　ほれほれ」

僕に対して挑発してくる。

「……僕が何もできないと思ったら大間違いですよ」

アカネさんは僕にやり返すだけの威勢がないと高をくっているに違いない。このまま舐められっぱなしでは終われない。

僕だって牙を剥(む)けるのだということを証明してやる!

意を決してアカネさんに身を寄せると、僕は先ほどの意趣返しとばかりにアカネさんの耳に吐息を吹きかけた。

「——ふうっ」

「あんっ……♪」

「えっ!?」

アカネさんが予想以上に色っぽい声を上げて身をよじらせるものだから、仕掛けた僕の方がその反応を前に動揺してしまった。

コントローラーの操作が疎(おろそ)かになり、ハンドルを切り損ねると、僕のカートは再び崖の下へと転がり落ちていった。

「うわあああああ!?」

「あははっ！　ユウトくん、自爆してんじゃん」

当のアカネさんはまるで動じることもなく、その後も危なげなく走行を続け、他の追随を許さないままゴールテープを切った。

「いえーい。一位～」

コントローラーを置くと、両手を挙げて小さく万歳をしながら喜ぶアカネさん。

その後もコンピューターの操作するカートが次々とゴールし、最後にようやく二回崖下に落ちた僕のカートがゴールした。

終わってみればものの見事にドベだった。

ソフトの持ち主は僕なのに……。

まさかコンピューターにも負けるとは思ってもみなかった。

「あたしの完勝だったねえ」

「い、今のはアカネさんの場外攻撃があったからです！　もう一回しましょう！　今度は絶対に僕が勝ちますから！」

「めっちゃムキになってるじゃん。かわいいなあ」

微笑(ほほえ)ましそうにしていたアカネさんは、小動物をなだめるように僕の鼻っ柱に人差し指を押しつけると言った。

「だけど、ざんねんでした♪　今日はもうおしまい」

「ええ!?　どうしてですか!?」

「これからあたし、バイトの時間だから」

あ、そうか、バイトまでの時間つぶしのためにここにいるんだったっけ……。ゲームに夢中になってたから、すっかり忘れていた。

「相手はまた今度してあげるから。それまでに腕を磨いといてよ。って言っても、勝つのは次もあたしだろうけど」

アカネさんは煽るようにそう言うとソファから起き上がり、脇に置いてあった通学鞄を肩から提げると、僕に微笑みかけてきた。

「じゃあねー」

部屋を去って行くアカネさんを見送った後、僕はふと気づいた。さりげなく次の約束も取り付けていった……！

アカネさんはやっぱりしたたかだ。

というか、僕もそろそろバイトを探さないといけないな。

だけどその前に――。

今日の夜は寝る前にゲームの練習をしようかなと思った。

昼休みを告げるチャイムが鳴ると、僕はそそくさと席を立つ。

「ユウト、昼飯食おうぜ」

と高橋が声を掛けてきた。

「ごめん。ちょっと今日は……」

「お前——もしかして女子との約束か!?」

「そんないいものじゃないよ」

「そうか。だとすれば祝ってやろうと思ってたんだけどな」

「高橋って良い奴だよね」

「で、その子から女友達を紹介して貰おうと思ってた」

「高橋のそういう正直なところ、僕は好きだな」

「へへ。褒めるなよ」

高橋の邪推をやんわりと否定してから、僕は教室を後にする。

校舎を出ると、お天道様以外の目が届かない校舎裏にやってくる。

老朽化により今は使用が禁止された非常階段のふもと、南京錠で閉鎖された裏口の扉の前にある段差に腰掛けた。

持参した風呂敷を広げると、お弁当箱が顔を覗かせる。雑誌の袋とじを開ける時みたいにおずおずと蓋を開けた。

「うわあ……」

そこに広がっていたのは焼け野原だった。

白ご飯に卵焼き、ウインナーにキャベツの千切り。

弁当の中身は全て僕が作ったものだ。

自立するためには料理もできるようにならなくては！

そう意気込んで作ってみたはいいものの、料理も盛り付けも上手くできず、天変地異が起こった後みたいになってしまった。

とてもじゃないけど、クラスの皆には見せられない……！

なので僕は人目に付かない場所で処理することにした。

「……いただきます」

見た目は悪いけど、食べてみると意外とイケるかも――。

手を合わせてから、意を決して口にしてみたら……。

「凄い！　見た目の悪さと味の悪さが完全一致してる……！」

自分でもビックリするくらい順当にマズかった。

白ご飯は炊く時に水が多かったせいか水っぽい。

もはやおかゆだった。

卵焼きは生焼けで食感がぐじゅぐじゅだった。

あと割り切れなかった殻がところどころに入っていた。

ウインナーは逆に焼きすぎて炭化していた。

切り込みを入れて可愛いタコさんウインナーにしようと思ったのだけど、上手くできずにただの肉片にしか見えなかった。

野菜があった方が良いだろうとキャベツを千切りにしてみたけれど、細かく刻むことができずにぶつ切りになっていた。ウサギのエサだった。

「我ながら酷い出来だ……！」

お店で出そうものなら、即日営業停止待ったなしであろう出来映え。

まさかここまで料理が難しいとは……。

自炊ができないままだと栄養バランスが偏りそうな気がするし、そうなるとずっと身長が伸びないかもしれない。

それはマズい……！

「ともかく、まずはこのお弁当をどうにかしないと」

作ったものを残すのはもったいない。

自らの未熟さを噛みしめるように重い箸を進めてお弁当を食べていると、どこからか人に見られているような気配がした。

普段なら気づかなかっただろうけど、今の僕はマズいお弁当を食べていたせいで全身が生命の危機を感じて神経が過敏になっていた。

視線を感じた背後へ振り返ってみると、建物の陰から女の人がじーっと僕のことを観察するかのように見つめていた。

「じーっ……」

制服の胸元のリボンは赤色だった。つまりマキねえやアカネさんと同じ二年生。目が合っているにもかかわらず、上級生の女の人は全く微動だにしなかった。僕の観察に集中しているからだろうか。

「あのー……」

「――っ！」

至近距離で声を掛けてようやく我に返った。

ビクッと肩を跳ねさせると、目を丸くする。

けれど、動揺の素振りを見せたのはほんの一瞬だけだった。すぐに冷静さを取り戻すと乱れた制服の襟元を正す。すんと顔の裏に感情が引っ込んだ。

改めて正対してみると、息を飲むほど綺麗な人だった。

雪の妖精みたいだ。

思わずそんなメルヘンな感想を抱いてしまう。

色素の薄い艶やかな髪に、人形みたいに整った目鼻立ち。制服を着ていてもハッキリと見て取れるくらいスタイルがいい。

身長は僕よりも高い――百七十センチくらいあるだろうか。

美人すぎてどこか作り物めいた印象さえ覚える。

「……私としたことが不覚でした。観察に集中するあまり、周囲への注意がすっかり疎かになってしまうなんて」

腕を手で押さえながら、ぼそりと呟いている。その声色はしんと澄んでいた。

「あのー。さっきからずっと、こっちを見てましたけど。もしかしてここ、お弁当を食べたらダメな場所でしたか……？」

おずおずと尋ねてみる。

「いえ。特にそのような話は聞いていません」

「あ、そうなんだ。よかった」

とホッとしたのもつかの間。

「あれ？　なら、どうして見てたんですか？」

「そ、それは」

女性は口ごもると、ポッと頰を赤らめながら呟いた。

「……あなたのお弁当を食べる姿があまりにも可愛らしかったものですから、つい時間を忘れて見入ってしまいました」

「は、はあ」

予想外の理由を言われ、僕は曖昧な返事しかできなかった。

「申し遅れました。私は白瀬奏と言います。マキさんからはよくユウトくんの写真や動画を見せて貰っていました」

「ということは、マキねえのお知り合いですか？」

「ええ。私にとって彼女は数少ないお友達です」

彼女――カナデさんは豊かな胸に手をあてながらこくりと頷いた。

マキねえの名前を出した瞬間、それまでは雪のように静かだった彼女の感情に、僅かな温かみが差したように見えた。

アカネさんは垢抜けていて華やかな雰囲気があるが、カナデさんはお淑やかで物静かな雰囲気を纏った女性だった。

その両方と友達なのだから、マキねえは本当に交友関係が広いんだなあ。

「写真でユウトくんのお顔は存じていましたが、実物は想像以上でした。一目見た瞬間に私の胸がキュンとしました」

「そ、そうですか」

意図せずして、カナデさんの母性本能をくすぐってしまったらしい。

昔から僕にはそういうところがある。

カナデさんの視線がふと、僕の手元のお弁当箱に向けられた。

「そのお弁当はユウトくんが？」

「あ、はい。僕が作りました。全然上手くできませんでしたけど……」

「一口いただいても？」

「別に構わないですけど……酷い味ですよ」

「問題ありません」

僕の制止を振り切って、カナデさんは僕から受け取ったお箸を使い、生焼けの卵焼きをゆっくりと口に入れた。

「なるほど」

「ど、どうでしたか……？」

「八十三点というところですね」

「ええ!? 意外と高得点!?」

もしかして、カナデさんの口には合ったのだろうか？

「卵焼き自体の味が三点で、朝早くから起きてユウトくんが一生懸命作ったという努力点を加算しての八十三点です」

「努力点がデカすぎる！」

卵焼き自体が三点というのはシビアだ。

けれど、妥当な点数だと思う。

自分で食べても全然美味しくないもんなあ……。

「(ぐう〜)」

その時、僕のお腹の虫が鳴き声を上げた。

この量のお弁当じゃ足りなかったのか、味がマズすぎて口にしたものを身体が食べ物として認識しなかったのか……。

「お腹が空いてるなら、私が料理を作りましょうか」

「え？」

お腹を押さえる僕に、カナデさんがそう提案してきた。

どういうことだろう……？

カナデさんに連れられてやってきたのは家庭科室だった。昼休みということもあり、僕たちの他には誰もいない。

「ユウトくんは生姜（しょうが）焼きはお好きですか？」

「は、はい。好きですけど」

僕は辺りをきょろきょろと見回しながら尋ねる。

「もしかしてここで作るんですか？」

「ええ」

「勝手に家庭科室を使ったら怒られるんじゃ……。それに食材もないですし」

「その点については問題ありません。私は料理研究部の部長ですから。家庭科室の設備の管理については一任されています」

それに、とカナデさんは勝手知ったる様子で家庭科室の奥に進みながら言う。

「準備室の冷蔵庫には、今日の放課後使う予定の食材が入っています。それがあれば生姜焼きを作ることができます」

「な、なるほど」

僕は納得しかけて――そこでふと疑問が浮かんだ。

「あれ？　でもそれ、部活の時に使う用の食材なんですよね？　今使ったら、他の部員の人たちが困ることになるんじゃ……」

「問題ありません。私の他に部員はいませんから。正確に言うと、私以外の二人は籍を置いているだけの幽霊部員ですが」

そういうことか。

部として認められるには最低三人は必要だって聞いた覚えがあるから、カナデさんだけしかいないのは妙だと思ってたけど。

「すぐに作りますから、ユウトくんは座っていてください」

準備室から戻ってきたカナデさんは頭に三角巾を被り、エプロンに身を包んでいた。胸元のところにデフォルメされた可愛らしいネコがプリントされている。ただ、カナデさんの胸が大きすぎるせいか、顔が左右に引き延ばされて膨張していた。どことなく苦しそうな表情を浮かべているようにも見える。

「あの、僕にも何か手伝えることはありませんか？」

ただ料理をごちそうになるだけというのも申し訳ない。

できることがあるなら、何でもいいからしたかった。

「では、出来上がった後の配膳をお願いできますか？」

「分かりました！」

僕は威勢よく返事をすると、ぺたんと席についた。

料理が出来上がるまでは手持ち無沙汰だから、料理するカナデさんの姿を眺める。料理研究部の部長さんなだけあり、見事な手際の良さだった。僕が今朝、お弁当を作った時のようなもたつきは一切見られない。完全に板に付いている。

しかも、生姜焼きを作りながら付け合わせの料理も同時進行で作っている。てきぱきと要領よくこなしていく姿は絵になっていた。

ものの十分もしないうちに料理が完成した。

お皿には豚の生姜焼きと刻みキャベツ、ポテトサラダが乗っている。お店のメニュー表から取り出したみたいに綺麗な盛り付けだった。

「カナデさん、お皿運びますね」

「大丈夫ですか？　一人で運べますか？」

「任せてください！」

僕が料理の乗ったお皿を運ぶのを、カナデさんはハラハラしながら見守る。さすがの僕もお皿くらいはちゃんと運べると思う。……たぶん。

無事に配膳を終えてホッとしていると、対面に座るカナデさんが口を開いた。

「どうぞ召し上がってください」

「いただきますっ」

僕は両手を合わせると、お箸を手にする。対面のカナデさんに見守られながら、まずは豚の生姜焼きを口にした。

「――んんっ!?」

口に入れた途端、香ばしい匂いと共に、豚肉の旨みがいっぱいに広がった。

コショウが効いていて、お肉の焼き加減もちょうどいい。

付け合わせのポテトサラダは単体でも絶品だけど、生姜焼きのタレと絡めることでよりいっそう輝きを増した。

付け合わることで足し算じゃなく、かけ算になっている。

「めちゃくちゃ美味しいです!」

嘘偽りのない純度百パーセントの感想だった。

今まで食べた料理の中で一番美味しいかも。少なくとも僕が作ったお弁当と比べると月とすっぽんくらいの開きがある。

「お口に合ったようで良かったです」

「カナデさんは食べないんですか?」

「ええ。私は食べているユウトくんを見ているだけでお腹いっぱいなので」

よく分からないけど、カナデさんがそう言うならそうなのだろう。

それにしても食べる手が止まらない。次から次に箸が進む。

「……きゅん」

「どうしたんですか?」

「……いえ。ユウトくんが私の作った料理を美味しそうに食べてるのを見たら、愛おしさがこみ上げてきまして」

カナデさんの口元は柔らかく緩んでいた。

「なるほど、これが母性というものなのですね……」

と自らの胸に去来した感情についての気づきを得ると、

「ふふ、ハムスターみたいでかわいい」

慈愛に満ちた眼差しで、生姜焼きを頬張る僕の食べっぷりをじーっと眺めていた。

見られていることを忘れてしまうほど、カナデさんの料理は美味しい。あっという間にお皿の上の料理を全て平らげてしまった。

コップに入ったお茶を飲み干すと、両手を合わせる。

「ごちそうさまでした」

「おそまつさまでした」

「あの、せめて片付けくらいは僕にさせてください」

「いえ。ユウトくんはお客さんですから。座っていてください。それに食器の置き場所は私が一番把握していますから」

カナデさんは僕の申し出をやんわりと退けると、さっさと洗い物を終える。ピカピカになった食器類を元の場所に戻すと、温かいお茶を出してくれた。何から何までして貰ってありがたい半面、申し訳なさも感じてしまう。

「カナデさんの料理、本当に美味しかったです。これはお世辞とかじゃなくて、今までに食べた料理の中で一番でした」

「私も、ユウトくんの食べる姿は、これまで見てきた中で一番でした」

「え？」

「……いえ。気に入っていただけたのなら、私としても何よりです」

カナデさんは口を滑らせたというふうに口元を手で押さえていた。

「僕もカナデさんくらい料理が作れればなあ……」

「ユウトくんは自分でお弁当を作っていたようですが。料理に興味が？」

「はい。一人暮らしをしてるんですけど、自炊できるようになりたいなって。コンビニのお弁当や外食だけだと、栄養が偏りそうだし。だけど、中々上手くいかなくて。ネットのレシピ通りに作っても、全然違う出来映えになるんです」

途中の工程を一つ二つ飛ばしてしまったのかと思うくらいだ。

料理動画やレシピだと分からないところがあってもその場で尋ねることができない。そうなると最終的に残念な出来になってしまう。

普通の人はだいたいの感じで作っていてもそれなりになるんだろうけど、料理の才能がない僕はそれだとてんでダメだ。食べるのもキツいのができてしまう。

もっと逐一教わりながら作れるといいんだろうけど……。

話しながらふと、思いついたことがあった。

「あの、カナデさん。お願いがあるんですけど」

「分かりました」

「えっ!? まだ何も言ってませんよ!?」

「ユウトくんにお願いされたら、無下にすることなんてできません。……ちなみにお願いというのはなんでしょう？」

「えっと、僕に料理を教えて欲しいなと」

「料理研究部に入りたいということですか？」

「は、はい。それで料理を教えて貰えるのなら」

「なるほど。分かりました」

カナデさんは無表情のままこくりと頷いた。

「入部すること自体は問題ありません。部長として料理を教えましょう。ただその代わりに一つ条件があります」

「条件？」

「はい」

真剣な面持ちで見つめてくるカナデさん。

いったいどんな条件を突きつけられるんだろう……？

ごくり、と息を飲んだ時だった。

「……ほっぺを」

「え？」

「……ほっぺたを一度、触らせてくれませんか」

カナデさんはおずおずと切り出した。

「ユウトくんのほっぺた、とても触り心地が良さそうだなと思っていたので。一度、触らせていただくことはできないかなと」

「……別にそれくらいなら全然良いですけど」

「ようこそ、料理研究部へ」

カナデさんが両手を広げながら迎えてくれる。

あっさりと入部することができてしまった！

条件、めちゃくちゃ優しかった！

「では早速、失礼します」

「あ、はい」

カナデさんはそーっと僕の頬に指を伸ばしてくる。

ぷに、と。

細くて綺麗な人差し指が、僕の右のほっぺたに触れた。

「……きゅん」

胸元をぎゅっと押さえ、恍惚とした表情を浮かべるカナデさん。初雪みたいな白い頬にはほんのりと朱が差していた。

その後もしばらく、カナデさんは僕のほっぺたを堪能していた。何度も何度も飽きずにぷにぷにとした感触を楽しんでいた。

その間、ずっと幸せそうだった。

よく分からないけど、これで料理を教えて貰えるのなら安いものだ。


放課後。

自宅アパートに着いた僕の隣にはカナデさんがいた。

料理研究部に入部した僕は、カナデさんに料理を教えて貰えることになった。

本来なら部の活動は放課後、家庭科室にて行われる。

けれど部員はカナデさんと僕の他は幽霊部員ということもあり、それなら僕の家で直接料理を教えればいいということになった。

「狭いところで恐縮ですけど……」

「ふふ。恐縮するユウトくんかわいい。おじゃまします」

カナデさんを家の中へと上げる。

部屋に上げると言っても、部活動の一環だからいかがわしさも全くない。

健全そのものだ。

そう思っていたのだけど……。

「ユウトくん、シャワーをお借りしてもいいですか」

「えっ!?」

開口一番発せられたカナデさんの言葉にドキリとしてしまった。

「もしかして部屋、汚かったですか？」

「いえ。そのようなことは。むしろ隅々まで掃除が行き届いて綺麗だと思います。真面目な人柄が伝わってきます」

「じゃあどうして……？」

「外界の汚れを家の中に持ち込まないようにするためです」

とカナデさんは言った。

「家というのは唯一安らぐことのできる聖域。そこに汚れを持ち込んでしまえば、心からのくつろぎは実現できません」

「な、なるほど。一理あるようなないような……」

「なのでユウトくんもシャワーを浴びてください」

「僕もですか!?」

「一日外で過ごしたのですから、身体には多量の汚れが付着しています。そんな状態で家に上がるのは見過ごせません」

カナデさんはそう言うと、

「私が身体を洗ってあげます。安心してください。隅々まで丁寧に手洗いしますから。身も心も綺麗になりますよ」

「いやいやいや！　それはちょっと！　大丈夫です！　自分で洗えますから！」

「遠慮する必要はありません。私は料理研究部の部長なのですから。後輩のユウトくんの身体を洗うのも部長の役目です」

「そんな役目はないです！」

「野菜についた土を落とすように、身体の汚れも落としてさしあげます。人参(にんじん)やゴボウを洗うのとそう変わりません」

「全然違いますよ！　僕の身体を洗うのと野菜を洗うのを同列に語られても！」

さすがにこの提案を通すのはマズいと必死に固辞する。

カナデさんに身体を洗って貰ったら色々と大変なことになる。

主に理性が。手洗いなら余計に！

むしろどうしてカナデさんは抵抗がないんだ？

「……そうですか。残念です」

そう呟(つぶや)いたカナデさんは、どことなくしょんぼりしているように見える。

うーん。ちょっと申し訳ないことをしたかな……。

――って、いやいや！　断るべきところはちゃんと断らないと！

流されるままにしてたら今頃身体を手洗いされてたから！　土のついたゴボウみたいに全身ゴシゴシされてたから！

一瞬罪悪感を抱きそうになったのを、慌てて振り払った。

「それでは、お先にシャワーお借りします」

僕が浴室の場所を案内すると、カナデさんはその中に消えていった。

玄関口で待っている間、シャワーの水音が聞こえてきて落ち着かなかった。

ちなみに僕がリビングじゃなく玄関口にいたのは、部屋に入るのは汚れを落としてからだとカナデさんに言われていたからだ。

しばらくして、身を清めたカナデさんが戻ってきた。

「ちょっ……!?」

それを見た僕は目玉がこぼれ落ちそうになった。

カナデさんはバスタオルを身体に巻いただけの姿で現れたからだ。肩から胸元、太ももに至るまでほとんど剝き出しになっていた。

「どうして服を着てないんですか!?」

「外気に晒された制服を身に纏えば、せっかく清めた身体が汚れてしまいますから」

「僕のシャツを貸すのでそれを着てください！」

バスタオル姿のカナデさんを浴室へと押し戻すと、急いで取ってきたシャツとジャージを扉の隙間から中に投げ込んだ。

「もう着ましたか？」

「ええ」

安堵しながら浴室の扉を開けた僕は、腰を抜かすかと思った。

さっきより刺激が強くなっていた。

それもそのはず。身長百五十センチに満たない僕の服を、身長百七十センチ近くあるカナデさんが着ると明らかに丈が足りていなかった。

ぴちぴちのシャツに胸が強調され、おへそ周りは丈が短くて丸出しに。足も脛のところが抜き身になっている。

カナデさんのスタイルの良さを考慮していなかった。あとついでに僕が男子の平均より遥かに背が低いというのも。

「あの……なんかすみません」

「いえ。ユウトくんの服を着ていると、ユウトくん成分が補給されますから」

ユウトくん成分って何だろうという疑問は浮かんだけれど、説明を聞いたところで僕にはきっと理解できないだろう。

「僕もシャワー浴びてきます……」

あまり直視しないようにしながら、入れ替わりで浴室に。

シャワーで身を清めると、部屋着に着替えてからリビングに戻った。

すると、カナデさんが台所に立っているのが見える。

「では、料理を始めましょうか」

「はい。よろしくお願いします――って、んん!?」

カナデさんはエプロンを着ていた。

だけど、僕は気づいてしまった。その下に何も着ていないのを。

貸したはずの服も、バスタオル姿ですらない。

生まれたままの一糸まとわぬ姿。

俗に言う裸エプロンの状態になっていた。

「なんで⁉　服は⁉」

「？　エプロンを着ていますよ？」

「そうじゃなくて！　エプロンの下！　さっき僕の服を着てましたよね⁉　もしかして正直者にしか見えない服に着替えました⁉」

「ふふ。だとすると、ユウトくんには見えるはずです」

「わあ。そんなふうに思って貰えてるなんて嬉しいなあ——じゃない！　どうして全部服を脱いじゃったんですか！」

「料理をするには動きづらくて不要でしたので。身を清潔に保つためもあります。ノイズになりそうな要素は、事前に全て取り除いておかなければ」

「凄い意識の高さだ……！　でも学校ではエプロンの下に制服を着てましたよね？　あの時はどうしてなんですか？」

「校内で裸になるのは、校則に抵触しますから。自宅で脱ぐのは自由です」

「ちゃんと遵法意識はあるんだ……！」

モラルを持った上での裸エプロンは強すぎる。

止めようがない。

「だけどその、恥ずかしさとかはないんですか？」

「というと？」

「刺激が強いというか、際どいじゃないですか。色々と」

カナデさんは「？」と小首を傾げていた。まるで心当たりがないという表情。

その反応を見た僕は理解した。

この人、自分が魅力的だってことをまるで理解していないんだ……！

カナデさんみたいな美人が裸エプロンになったら、思春期男子の僕がどういう気持ちになるのかが全然分かっていない。

あるいは──分かっているけれど、僕が男子として見られていないだけか。……その線もあり得そうな気がしてきた。

「……もういいです。僕だけ意識してるのが悔しくなってきたので。裸エプロンだろうと気にしないことにします」

「??」

きょとんとするカナデさんを尻目に僕はそう決意した。

僕だけがどぎまぎするのは馬鹿らしい。裸エプロンだろうと意識しない。一皮剥いたら人は誰しも肉と骨でしかないのだから。そう思い込むことにする。

──とは言え、やっぱり意識してしまう。

「ユウトくんの好きな料理はなんですか？」

「え？」

「今日はユウトくんの好物を作ってみましょう」

好きな料理か……。

「ビ、ビーフストロガノフです」

「ビーフストロガノフ」とカナデさんが復唱した。

「美味しいですよね。特にストロガノフの部分が」

「……本当ですか？」

カナデさんがじっと見つめてくる。

水晶みたいな瞳を前に、僕は思わず目を泳がせてしまう。

「……すみません。ウソです。本当はオムライスです」

「どうしてそんなウソを？」

「オムライスって、何か子供っぽい気がして。ビーフストロガノフって名前が格好良いから大人の料理っぽいなと」

「………………」

カナデさんは僕をぎゅっと抱きしめてきた。

「なぜ？」

「いえ。愛おしさを抑えきれなくなりまして」

エプロン越しに大きな胸の感触が……！

柔らかいし、めちゃくちゃ良い匂いがする……！

意識しちゃダメだと思いつつも、意識せずにはいられない。

「では、ユウトくんの好きなオムライスを作りましょうか」

「は、はい……」

解放された時には、すっかり骨抜きにされていた。

まだおっぱいの感触が残る中、カナデさんにオムライスの作り方を教わる。

料理研究部の部長であるカナデさんの教え方はとても丁寧で分かりやすかった。すぐ傍(そば)について手取り足取り指導してくれる。

しばらくそうしていた時だった。


「ユウトくんいるー？　おじゃまするねー♪」


玄関口の方から陽気な声が響いてきた。

――この声は。

僕の返答を待たずに家に上がり込み、ひょっこりとリビングに顔を覗(のぞ)かせたのは制服姿のアカネさんだった。

彼女は台所にいる僕たちを見ると「お」と声を上げた。

「白瀬(しらせ)さんじゃん」

「……赤坂さん？　なぜここに」

カナデさんはアカネさんに気づくと目を見開いた。お互いがお互いに、ここにいることに驚いているようだった。

というか……。

「お二人はお知り合いなんですか？」

「あたしたち、クラスメイトだから」

アカネさんは自分とカナデさんを交互に指さしながら言う。

「ああ、そうなんですか。お友達なんですね」

「うーん。クラスメイトではあるけど、友達っていうほど仲良くはないかな。話したことすらほとんどないし」

「そうですね」

「え？　でも、二人ともマキねえの友達なんですよね？」

「ユウトくん、一つ教えておいてあげる。友達の友達だからと言って、必ずしも友達同士とは限らないのだよ」

「マキさんはお友達が非常に多い方ですから。彼女のお友達同士は全く面識がないというのはそう珍しくありません」

なるほど、そういうものなのか。

友達が多くないから知らなかった。

「というか白瀬さん、その格好は何？　AVの撮影中？」

「ユウトくんに料理を教えていただけですが」

「いやー、裸エプロンは刺激が強すぎるでしょ」

　アカネさんは苦笑する。

「こんなの見せられたら、ユウトくんも料理どころじゃないよね？」

「あはは……」

　アカネさんに尋ねられた僕は曖昧な笑みを浮かべてごまかした。うっかり同意しようものなら、下心があったと認めることになる。

　カナデさんにそう思われるのは嫌だ。

「でも白瀬さん、大人しそうに見えて意外と大胆な子だったんだね。知らなかった。清楚な子ほど実は……ってやつ？」

「……そういうあなたはなぜユウトくんの家に？」

「バイトのシフトの時間までヒマだから、ここでヒマを潰させて貰ってんの。ユウトくんとイチャイチャしながらね」

「別にイチャイチャはしてませんよ!?」

　誤解を招くような言い方は止めて欲しい。

　アカネさんのことだから、ワザかもしれないけど。

「えー？　この前も身体を寄せ合いながらゲームしたじゃん。チーズケーキをいっしょに食べたりもしたし」

「……むっ」

それを聞いたカナデさんは顔をしかめた。

「……ユウトくん、赤坂さんと関わるのは控えた方がいいです」

「えっ？」

「彼女は遅刻やサボりの常習犯ですから。不良の人とお付き合いをしていると、悪い影響を受けてしまいますよ」

「裸エプロンの方がよっぽど悪影響だと思うけどねー」

アカネさんはソファに寝転がりながらそうツッコミを入れる。すっかりくつろぎモードに入っている彼女に僕は言った。

「アカネさん、遅刻やサボりの常習犯ってダメじゃないですか」

「え？　なんで？　誰に迷惑掛けてるわけでもないし。遅刻しようがサボろうが損するのはあたしなんだからよくない？　授業中に私語をしてるとかだと、他の子たちの邪魔になるからそりゃダメだと思うけどさ」

「あなたの行いによって、クラスのモラルが低下します」

「それは知らんよ」

「アカネさんが損するだけだとしても、遅刻やサボりはダメですよ。損しなくて済むならその方がいいんですから」

「あーはいはい。分かった分かった。ごめんちゃい♪」

「こんなに誠意のこもってない謝罪、初めて見た……！」

せめて寝転びながら言うのは止めて欲しい。どんなに力のある言葉でも、その体勢だとまるで説得力を持たないから。

「……ユウトくん、見たでしょう。赤坂さんと関わっていると、こんな感じの不良生徒になってしまいますよ」

「授業をサボって飲むジュースの味、教えてあげよっか？」

「ダメです。耳を貸しては」

アカネさんの誘惑から庇うように、カナデさんは僕の身体を抱いた。こっちはこっちでまた別の誘惑があるんだけど……！

「料理に戻りましょう」

「は、はい」

僕は再び台所に立つと、まな板の上――オムライスの材料を見据える。

「よし。タマネギを切っていきますね」

「待ってください。料理に慣れていないユウトくんがタマネギを切るのは危険です。汁が目に入ると涙が出てしまいますから。私が切りましょう」

「えっ？……分かりました。じゃあ、僕はウインナーを切ります」

「それも私もやります。包丁を扱うのは危ないですから」

「ええ……？　だったらタマゴを割ります。それなら大丈夫ですよね」

「いえ。割った殻で指を怪我(けが)してしまうかもしれませんから。私がやりましょう。ユウトくんは下がっていてください」

「僕、ただ見てるだけじゃないですか！」

「万が一ということもありますから」

「いやいや。タマゴの殻で指を切ったとしても大した怪我じゃないですし。カナデさんは心配しすぎですよ」

「しかし……」

「いいじゃん別に。ちょっとくらい怪我しても」

渋っていたカナデさんに、アカネさんが口を挟む。

「赤坂さん、どういうことですか？」

「過保護すぎるって言ってんの。あれもこれも全部やってあげるんじゃなくて、時には見守ることも必要でしょ」

「その結果、ユウトくんが傷つくことになるかもしれません」

「そしたらかさぶたが出来て、丈夫になるだけだよ」

アカネさんはへらへらと笑いながらそう口にすると、はっと何かに気づいたかのように僕のことを見てきた。

「ねえ、今の何か名言っぽくなかった？　ユウトくんどう思う？」

「自分で言ったら台無しだなって思いました」

「手厳しい～」

「……やはりあなたとは相容れませんね」

カナデさんは氷みたいに醒めていた。

「ユウトくんにとっては悪影響です」

「誰に影響を受けるかは、ユウトくんが決めることでしょ」

アカネさんはそう言うと、

「まあ、ユウトくんをあたし好みに染め上げるってのも悪くないけどね。真っ白なキャンバスを汚すのは興奮するから」

「そんなことにはさせません」

カナデさんはぴしゃりと言い切ると、

「決めました」

「何を？」

「赤坂さんがユウトくんの家に通っているのなら、私もそうします」

「え」

「アカネさんの出入りを制限する権利は家主でない私にはありません。なのでユウトくんの傍にいることで彼女から守ります」

カナデさんは「よろしいですね？」と僕に尋ねてきた。

「……まあ、元々料理を教えて貰おうとしていたわけですから。料理を教えて貰うついでということなら大丈夫ですけど」

「決まりですね」

カナデさんはふっと笑みを浮かべると、僕を抱き、アカネさんに宣言する。

「ユウトくんのことは私が守ります」

「ふっふっふ。あたしの魔の手から果たして守り抜くことができるのか……。白瀬さんにできるとは思えないけどね」

勇者と魔王のように、二人は真っ向からバチバチに視線をぶつけ合う。そして僕はお宝かお姫様というような扱いだった。

できれば勇者になりたい……。


それから数日経った後の放課後。

僕は家から徒歩で五分ほどの距離にあるコンビニの前にいた。

心臓がバクバクと高鳴り、手のひらに汗が滲む。喉もちょっと渇いている。

緊張していた。

なぜか？　今日からここで働くことになったからだ。

以前、生活費を稼ぐためのバイトを探していた僕は、この店の求人を見つけた。家からも近くて通いやすそうだったので、応募することに。

電話を掛けると面接をして貰えることになり、店長と面接をしたのが三日前のこと。その翌日に採用の連絡を受け取った。

採用が決まった時は、めちゃくちゃ嬉しかった。

今までずっと、流されるままの人生だったから。自分から何かをしようと動いて、成果を得ることができたのはほとんど初めてだった。

社会から初めて認められたような気がした。

だけど、出勤初日を迎えると不安が襲ってきた。

ちゃんと働くことができるのか……？　使い物にならなかったらどうしよう。それに店の人たちに上手く馴染めるかな……。

「ダメだダメだ！　弱気になったら！」

僕は自らに言い聞かせるよう口にする。

「採用してくれた店長さんに報いるためにも頑張らないと」

頬を軽く叩いて気持ちを鼓舞し、店の裏口へと回り込む。扉を開けると、事務所には僕を面接してくれた店長がいた。パソコンの置かれた机の前の席に座っている。眉間を指で揉みほぐしながらモニターを見つめていた。

僕の姿に気づくと、こちらに振り返る。

「おお、田中くん。来たね」

「おはようございます！　本日からよろしくお願いします！」

僕がそう挨拶をすると、店長さんは朗らかに笑った。

「元気がいいねえ。元気がいいのは素晴らしいことだよ」

四十代くらいの細身の店長は顎を撫でながら褒めてくれる。爪楊枝みたいに細い目は、笑うと更に細くなっていた。

本人曰く——最初はここまで細くなかったけど、毎日ニコニコしているうちに今みたいに細くなったのだとか。

「服装は——うん、制服だから問題ないね。靴も動きやすいスニーカー。いいね！　文句なしの百点満点だ！」

店長は僕の服装をチェックすると、グーサインを送ってくれる。

面接の時もたくさん褒めてくれた。良い人だ。

「じゃあ、今日から働いて貰うわけだけれども。ユウトくんともう一人、教育係の先輩がシフトに入ってくれることになってるから」

「教育係の先輩ですか」

「うん。仕事のことはその人が全部教えてくれる。頼りになる子だよ。後で出勤してきたら挨拶しておくといい」

「分かりました」

「あ、そうだ。これが制服ね。シャツの上から着るだけでいいから。サイズが合うか一度確認してみてくれる？」

「はい」

店長から受け取った制服を着てみる。

ちょうどだった。

サイズは当然のようにSだった。

「不本意ですけど、ぴったりです」

「お、いいね。似合う似合う」と店長は僕の格好を見て褒めてくれた。「これで田中くんもうちの店の一員だ」

事務所に置いてあった鏡で自分の姿を確認する。

背は低いけれど、格好は完全にコンビニ店員だ。

胸元のところに『田中』という名札がついていた。その下には『研修中』という文字と若葉マークが小さく記されている。

……自分の名札がついてるのは何となく嬉しい。

だけど、まだまだ見習いだ。

早く仕事を覚えて若葉マークを外せるようにしないと。

その時だった。

「おはようございまーす」

背後の扉が開いて、声が聞こえてきた。

他の従業員の人だろうか。

「お、ユウトくん。先輩が来たよ」

店長がそう言ったから、それが教育係の先輩だと分かった。

……これからお世話になるんだし、しっかり挨拶しておかないと！　こういうのは第一印象が大事っていうし！

僕はくるりと振り返ると、

「今日からバイトとして働く田中ユウトと言います！　ご指導ご鞭撻のほど、どうぞよろしくお願いいたします！」

教育係の先輩に対して深々とお辞儀をした。

すると——。

少しの沈黙があった後、頭上から笑い声が降ってきた。

……え？　なんで笑ってるんだ？　もしかして知らず知らずのうちに何か粗相をしてしまっていたとか？

恐る恐る顔を上げた僕は、自分の表情が引きつるのが分かった。視線の先——僕のことを見下ろしている先輩が目に入る。

その人は、見覚えのある女性だった。

「あ、アカネさん……!?」

「ユウトくん、めっちゃ礼儀正しいじゃん」

微笑ましそうにえくぼを作っているのは、アカネさんだった。

僕と同じコンビニの制服を身に纏っている。

「ここにいるということは、まさか……」

「あたしが教育係の先輩だから。よろしくね♪」


……まさかこんなことになるとは。

店内のレジの内側、アカネさんの隣に立った僕は内心でそう呟いた。

言われてみれば伏線らしきものはあった。

アカネさんが僕の部屋を溜まり場にしているのは、バイト先から近くて通いやすいからだと以前に言っていた覚えがある。

高校生も採ってくれる店というのは意外と少ない。

そのことを加味すれば、同じバイト先になる可能性はあった。

けれどまさかピンポイントで引き当てるとは。

「アカネさんは僕が来ること知ってたんですか？」

「まあね。店長が面接の後、履歴書見せてくれたから。あたしといっしょの高校の、礼儀正しくて元気な子が来たって」

「そう言って貰えてたのは嬉しいですけど、個人情報の履歴書を他の人に見せるのは法的にアウトなのでは……」

「それくらいはどこもやってるって」

アカネさんは事もなげに言う。

「ちなみにユウトくんの他にも何人か応募してきた子がいて。ユウトくんはその中で見事採用を勝ち取ったんだよ」

「え。そうなんですか？」

知らなかった。

「何が採用の決め手だったんだろう……」

「やっぱり真面目そうなところじゃない？」

アカネさんが軽い調子で言う。

「ユウトくんは絶対飛んだりとかしなさそうだし」

「飛ぶってなんですか？」

「店に連絡もなく勝手に辞めること」

「ええ!?　そんなことする人いないでしょう!?」

「いるんだなあ、それが。しかも少なくない数。勝手にシフトに穴を作っておいて、悪びれずにきっちり給料だけは要求してくるのが」

「ひええ。世の中には、想像もつかない人たちがいるんだなあ」

恐ろしい。

「だけど、僕の面接での人柄を評価されて採用されたのなら嬉しいな」

「あと、あたしがこの子が良いですって口添えしたのもあるかもね。他の子たちだと教育係はできないですって」

「じゃあ絶対それじゃん！　アカネさんの鶴の一声が理由でしょ！」

めちゃくちゃコネ採用だった。アカネさんのその一声がなければ、もしかしてたら落ちていた可能性もあるわけか。

「僕は自分が評価されたと思ってたのに、アカネさんのコネだったとは……。やっぱり一人では何もできないのか……」

「そんなに落ち込まんでも。人柄も評価されてだと思うよ？　いくらあたしが口添えしたとしても、ユウトくんの面接がダメすぎたら採用されてないだろうし」

励まされてしまった。

確かにいつまでもクヨクヨしていても仕方がない。

たとえコネで採用されたのだとしても、ここから頑張ればいいだけだ。それが落ちた他の人たちに対する礼儀でもあるだろうし。

「そういえば、アカネさんはなんでここでバイトしてるんですか？」

「ん？　おかしい？」

「おかしくはないですけど、ちょっと意外ではありました。何となくファミレスやカフェとかで働いてるのかなと思ってたので」

華やかなアカネさんのイメージに合っている気がする。

コンビニはどっちかと言うとちょっと地味めだ。

「ファミレスとかカフェだと、バイト同士の繋がりが濃そうじゃん。仕事終わりとか休みの日にもつるんだりさ」

「確かにありそうですね」

「そういうの面倒臭いから。休みの日にまで絡みたくないし。その点、コンビニはシフトが終われればそこで終わりだし。人間関係楽だから」

「………………」

「今、あたしを醒めてる人間だなと思ったでしょ」

「べ、別にそんなことは」

「ユウトくん、ウソつくの下手すぎるでしょ。目、泳ぎまくってるよ。ちゃんとあたしを見ながら言ってみ？」

「うっ……本当は思いました」

アカネさんは白旗を揚げた僕を見ると、

「よろしい」と笑いながら頭を撫でてきた。

「すみません」

「いいよいいよ。だって事実だし」

アカネさんはあっけらかんとそう言うと、

「あ、醒めてるって言っても、仕事はちゃんと教えるからね。よし、まずはレジの打ち方から授けて進ぜよう」

「は、はい」

芝居がかった口調で言うと、アカネさんは仕事を教えてくれた。

レジの打ち方や品出しの仕方、入荷した商品の陳列の方法など――コンビニ店員の業務を一つ一つ丁寧に教えてくれる。

僕はそれらを持参したメモ帳に書き留めていった。

かなりの量書いていたせいだろう。途中でインクが切れてしまった。

あたふたしていると、アカネさんは自分の制服の胸ポケットに手をやった。

「あたしのペン、貸したげる」

「いいんですか？」

「たっぷり利子はつくけどね」

お礼を言ってから差し出されたボールペンを受け取った。

けろけろけろっぴが描かれたボールペンを使い、途中だったメモを取る。年上の女性の私物ということもあって何だか緊張した。

「――とまあ、一通りはこんな感じかな」

「コンビニの仕事、覚えること多すぎないですか……？」

「覚えることは多いけど、実際には使わないことも多いから。最低限取りあえずレジ打ちと品出しができれば何とかなるよ」

何とかなるだろうか……？

「アカネさんは全部覚えてるんですか？」

「曖昧なのもあるけど、だいたいはね」

これだけの量の業務を、全部!?

ちゃらんぽらんなように見えるけど、アカネさんは凄い人なのかもしれない。

というか、都心部のコンビニとかだと外国の人が働いてるのを結構見るけど、母国以外でこれだけの仕事をこなせるの凄すぎない……？

「じゃあ、ユウトくんにはレジに立って貰おうかな」

「早速ですか!?　できるかな……」

「イケるイケる」

アカネさんは僕の背中を軽く叩いてくれた。

僕がおずおずとレジに立って少しすると、お客さんがやってきた。

中学生くらいの子が菓子パンとジュースを持ってくる。

教わった通りに商品のバーコードをスキャンし、金額を口にする。

ん？　何か忘れてるような……。ああ、そうだ。

「袋はご利用ですか？」

「あ、はい」

危ないところだった。ボタンを押して、レジ袋分の三円を加算する。

渡された千円札をレジのお札の差し込み口に入れる。金額を打ち込まずとも、今は機械が全部計算してくれるから楽だ。

　商品を袋に詰めている間にレジからおつりとレシートが吐き出されたので、きちんと袋詰めが終わった後に、トレイに載せて渡した。

「ありがとうございました。またお越しくださいませ」

　そう言って、店を後にするお客さんをお辞儀しながら見送った。

　お客さんが見えなくなってから、アカネさんの方を振り返る。

「……どうでしたか？」

「バッチリ。言うことなしだったよ」

　後ろで見守っていたアカネさんは微笑みながらそう言ってくれた。

「やった！　褒めてもらえた！……ところでそのポーズは何ですか？」

　グーサインとかじゃない。

　腕組みしながら、二本指だけをぴんと立てている。

「え。知らない？　『ドラゴンボール』。トランクスが未来に帰る時にベジータがした伝説のデレシーンなんだけど」

「読んだことないです」

「マジかー。時代だねえ」

　アカネさんは額に手をつきながら嘆いていた。

　いや、僕と一つしか年齢変わらないでしょ。

「昔の少年漫画好きなんですか？」

「小学生の頃に友達のお兄ちゃんがたくさん集めててさ。そこに入り浸って読んでるうちに詳しくなったんだよね」

そうなんだ。

僕は少年漫画は学校で流行ってた最近のしか読んだことがない。

マキねえや母親は漫画は読まずに恋愛ドラマばかり見てたし、父親は『仁義なき戦い』だけを繰り返し何度も見ていた。

「とにかく、ちゃんとレジをこなせてよかった……！」

もしかしてバイトって意外と簡単なのでは？

僕にはコンビニ店員としての才能があった……？

しかし――威勢が良いのはそこまでだった。

コンビニ業務というのは、そう甘くはなかった。

「兄ちゃん、マルホロライト一つ」

「え？　マルホロ……？」

「タバコだよ、タバコ。十五番の」

「し、失礼しました！」

タバコの銘柄が分からずに手間取ってしまったり。

「これお願いね」

「えっと。公共料金の支払いはどうするんだっけ……」

「まず用紙のバーコードを通してから、判子を押して控えの方をお客さんに返すの。控えじゃない方の紙はこの中に入れる」

公共料金の支払いの処理ができなかったり。

「お兄さん、これ送っておいてくれる？」

「た、宅配便……!?　どうするんだっけ」

「おっけー。あたしが代わったげる」

宅配便の出し方をど忘れしてしまったり。

まるで上手くできずにボロボロだった。

「……む、むずかしい！」

ちゃんと教えて貰ってメモしたはずなのに。

いざ実戦になるとテンパってしまう。

「どしたの。もしかして落ち込んでる？」

「そりゃまあ」

「ユウトくん、こっち向いてみ」

「え？」

顔を上げて、アカネさんの方に向き直った時だ。

ピンッ、と。

軽いデコピンが僕の額に繰り出された。

「いたっ。な、何するんですか」

「バイトを舐めてるユウトくんにおしおき」

「いや、舐めてるからミスしたわけじゃないです。次は上手くやってみせます」

「そうじゃなくて。最初から完璧にできるわけないって言ってんの。これくらいのミスは当たり前だから」

　アカネさんはそう言うと、人差し指をピンと立てた。

「ここで一つ、怪談を聞かせてあげよう」

「怪談ですか？」

「そう。これはとある美少女の話です。その子は一年の頃、ドラッグストアでバイトをしていました。初出勤を終え、思ってたより余裕だったな、自分の有能さが怖いわ、そんなふうに舐め腐りながら上がる前にレジの確認をしている時でした。浮かれていた彼女の元に、世にも恐ろしい出来事が降りかかったのです」

　世にも恐ろしい出来事……!?

　怪談ということはオバケが出たとか、はたまた変なお客さんが来て怖い目に遭わされた的な話だったり……？

「その店は自動じゃなく、手動で打つタイプのレジでした。すると何と――差額が五千円と出るではありませんか！」

「ええっ!?」

「余裕ぶっこいてレジを打っていたその美少女は、死ぬほどミスをしていたことにその時ようやく気づいたのです。当然、差額を店長に報告しなければなりません。店長にミスを打ち明ける時の美少女の心情を答えよ」

「最後だけ国語の文章問題みたいになった!……にしても差額五千円は幽霊が出るよりも全然怖いかもしれない」

何と言っても自分のミスなのだから。幽霊と違って消えることもないし。

「もしかして今の、アカネさんの話ですか?」

「さあ、どうでしょう。これは怪談だから。自分の話ではないかもしれない」

アカネさんは口元に指をあてて微笑(ほほえ)むと、

「まあだから、それと比べればユウトくんは全然マシでしょ。店に損害も与えてないのにヘコむなんて生意気だよ」

ああ、そうか。今になってようやく分かった。

アカネさんは僕のことを励まそうとしてくれてるんだ。

自分のどでかい失敗談を笑いながら話すことで、僕のミスなんて所詮大したことがないと思わせてくれようとした。

たぶん、真意を尋ねようとしても、アカネさんははぐらかすことだろう。真面目な空気が好きじゃなさそうだから。

普段はちゃらんぽらんなところもあるけれど。根は優しい人なのかもしれない。

シフトの時間が終わると、仕事を切り上げる。

初出勤は忙しくしているうちに過ぎていった。

「お疲れさまでしたー」

事務所に戻って一分もしないうちに着替え終わったアカネさんは、そう言い残してすぐに裏口の方に歩いていった。

仕事は仕事、シフトが終わればそれ以上の関わりを持つ気はない。さっき口にしていた哲学を体現するかのようだった。

「田中くん、お疲れさま。初出勤はどうだった？」

店長が僕を気に掛けて尋ねてくれた。

「覚えることがたくさんあって大変でした」

「初日はそんなものだよ。赤坂さんの教育係はどうだった？」

「凄く気に掛けてくれました」

僕はシフトの時間を思い返しながらそう答えた。

アカネさんは僕に仕事を教えるだけじゃなかった。

店に出入りする業者さんや常連のお客さんに僕を紹介してくれた。おかげでスムーズに溶け込むことができたように思う。

「赤坂さんは仕事はできるし、ああ見えて意外と気遣いの人だからね」

店長は目を細めながら言う。

「だけど、上手くやっていけそうならよかった。田中くんには期待してるからね。うちの店の主力になって欲しい」

「はいっ」

「良い返事だね。今日はもう上がっていいから」

「あの……そのことなんですけど、少し残ってもいいですか？」

「ん？　何か忘れ物でもした？」

「いえ。そうじゃないんですけど……」

着ていたバイトの制服を脱いだ僕は、店内に足を踏み入れる。その手元にはボールペンとメモ帳を抱えていた。

今日教えて貰った仕事のおさらいをするためだ。

レジ打ちの方法と、品出しのやり方はもちろんのこと。

レジの後ろにあるタバコの銘柄を覚えたり、公共料金の支払いの処理や、宅配便の出し方などの今日上手くできなかった業務を復習する。

お客さんに商品の場所を尋ねられた時のことを想定して、店のどこに何があるかの陳列の配置も頭に入れておこうとした。

早く仕事を覚えて、一人前になりたい。そう思ったからこその居残り勉強だった。

「ふう。今日は取りあえずこれくらいかな」

だいたい十五分くらいした後、切り上げて帰宅しようとする。

正面の自動ドアから外に足を踏み出した時だった。

「おつかれさま」

店の軒下にアカネさんが立っていた。口元に小さな笑みを浮かべながら、缶コーヒーを差し出してくれる。

「はい。差し入れ」

「アカネさん、もう帰ったんじゃ……」

「いっしょに帰ろうと思って外で待ってたの。そしたら全然出てこなくて。店を覗いたら居残り勉強してたから。ビックリしたよ」

アカネさんはそう言うと、冗談めかしたように、

「ほんと、よくやるよね。サービス残業なのにさ」

「早く一人前になりたいんです」

そう言うと、僕はアカネさんから貰った缶コーヒーのプルタブを開ける。いただきますと口にしてから、缶をぐいと傾けた。

冷たい液体が喉元に流れ込む。

「うえ……」

「苦かった?」

「べ、別にそんなことは。全然へっちゃらです」

「背伸びしちゃってさ」

強がる僕の姿を見たアカネさんはくすりと笑った。

そこでふと思い出した。

「あ、そうだ。忘れてた。アカネさんに借りてたボールペン、お返しします。ありがとうございました」

「いいよ、そのまま使って」

「え?」

「採用のお祝いってことで。あたしからのプレゼント」

「いいんですか?」

「これからも大事に使ってくれたまえ」

「そういうことなら。ありがとうございます」

お言葉に甘えてありがたく受け取ることにする。

「それじゃ、帰りますか」

「でも、アカネさんが待ってくれてるとは思いませんでした。シフトが終わったら、すぐに一人で帰ってるものかと」

「一人で夜道を歩いて帰るのは危ないでしょ」とアカネさんが言った。「ユウトくんに何かあるとマズいし」

「あ、自分じゃなくて、僕の心配だったんですね……」

てっきり女性が夜道を一人で～みたいな話かと思ってた。

「言ったでしょ。あたしは一応、合気道やってたこともあるって。もし通り魔に襲われたとしても、返り討ちにしてやれる」

ファイティングポーズを取りながら言うアカネさん。

僕は守ってあげないといけない存在だと思われてるのかあ。

やっぱりまだまだだなあ……。

若干凹みながら夜道を並んで歩いている途中のことだった。

「心配しなくても、ユウトくんはすぐに仕事できるようになるよ」

俯き加減の僕に、外灯の明かりよりも優しい声が降ってきた。

顔を上げると、微笑みを浮かべたアカネさんと目が合った。

「間違いない。アカネおねーさんのお墨付き」

そう冗談めかしながら、ぽん、と頭に手を置いてくれる。その手のひらの感触が、今の僕にはとても沁みるようだった。

アカネさんの言葉に応えたい。

仕事を覚えて、一人前になりたい。

頼るだけじゃなくて、誰かに頼られるような。守られるだけじゃなく、誰かを守ることのできるような人間になりたい。そう思った。

……そのためには、もっと頑張らないと。

外灯に照らされた夜道を歩きながら、僕は思った。

第三章　イブキさんとの出会い

頭上に鎮座するお日様が、燦々とグラウンドに照りつける。威勢の良い掛け声を上げながら、生徒たちがサッカーボールを追いかけていた。

隣のクラスと合同で行われる体育の授業。

僕たちはサッカーの試合をしていた。

クラスの男子を前半と後半で分け、今は前半のチームが試合を行っている。僕たち後半組は離れたところから応援していた。

０対０。どちらもまだ得点は上げていない。

赤色のゼッケンを着た自チームが押している。

けれど――。

クラスの男子たちの半分以上は試合を見ていない。

グラウンドの右半分で行われている二年女子の走り高跳びに夢中だった。

「おい見ろよあの人――すげー美人じゃないか？」

男子たちの視線の先にいるのは――カナデさんだった。体操着に身を包んでいる。スタイルの良さと胸の大きさが際立っていた。

あの二年生の女子たちはカナデさんのクラスだったのか。

走り高跳びのバーの高さは一メートルくらい。まだ低いこともあり、二年生の女子たちは次々とそれを跳び越えていった。

そしてカナデさんの番が訪れた。

カナデさんはバーに向かって走り出す。ぎこちないフォームで助走をつけると、バーの手前に到達したところで、片足で勢いよく踏み切った。

ベリーロール。

頭部から飛び込み、腹ばいの状態でバーを越えようとする。

跳躍の高さ的には充分だ。

しかし――カナデさんのスタイルの良さが徒となった。

張り出した胸がバーに引っかかってしまうと、カナデさんはバーもろともマットの上にぽとりと落っこちてしまった。

「おお……！」

クラスの男子たちはカナデさんが跳ぶ姿を目の当たりにして、これでもかってくらいに鼻の下を伸ばしていた。

僕の視線に気づくと、彼らは慌てて取り繕い始めた。

「別に変なことは考えてねえぞ!?」

「あくまでも競技として見てるんだ！」

「別に僕は何も言ってないけど……」

下心はないアピールが凄い！

めちゃくちゃ思春期の反応だ。

「うおー！　あの人のおっぱいすげー！　バインバインだ！」

その中で一人、高橋は小学生みたいな感想を叫んでいた。

下心が全開すぎていっそ清々しさがある。

それにしてもカナデさん、運動はあんまり得意じゃないみたいだ。助走の時のフォームもたどたどしかったし。

僕もそうだから親近感が湧いてきた。

そういえばアカネさんはどうなんだろう？

運動は得意そうなイメージがあるけど。

カナデさんと同じクラスだって言ってたから見つかるかなと探してみたけど、女子たちの中に姿は見当たらなかった。

もしかして授業に出てないのかな？

その時、周りにいた男子たちがざわつき始めた。

とある女子生徒が飛ぶ番だった。

艶やかな黒髪を後ろで一纏めにしており、切れ長の目には艶がある。体操着の袖を肩まで捲り上げ、ノースリーブ状にしていた。

思わずはっと息を飲むような美人だった。

けれど、周りにいた男子たちがざわついていたのは、彼女が凛とした美人だから——というだけではなかった。

さっきまで一メートルやそこらだったバーの高さが、彼女が跳ぶ時になると二メートル近くになっていたからだ。

「なんだあの高さ！　二メートルはあるんじゃないか!?」

「確か女子の走り高跳びの世界記録が二メートルちょっとじゃなかったか？　あんなの誰も跳べるわけないだろ！」

男子でもあれは跳べない。冗談みたいな高さだ。

けれど、その女子生徒は大真面目に躊躇なく走り出すと、力の抜けた軽やかなフォームで助走をした後——片足で踏み切った。

その瞬間、僕は自分の目を疑った。

白鳥がいた。

羽を広げた美しい鳥の姿が見えた。

勢いよく右足で踏み切り、地面から飛び立ったその女子生徒は、重力のくびきから解放されたかのように高らかに跳んでいた。

身体を反らした背面跳びの姿は、見惚れるほどに綺麗だった。

彼女の身体はバーに阻まれることなく、鳥が羽休めをするかのように、マットの上に背中から静かに着地した。

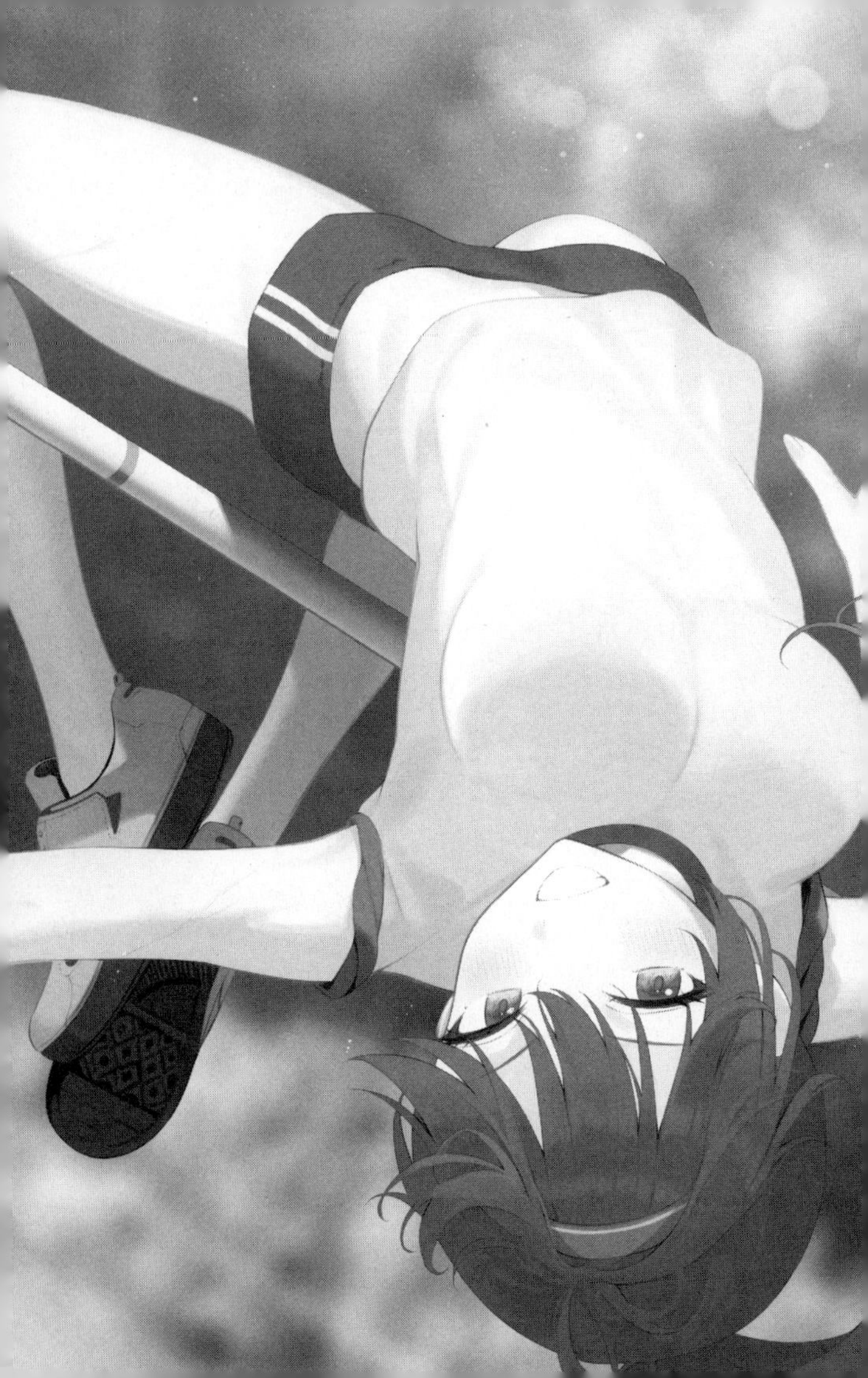

「す、凄い……！」

しばらく僕は唖然として動けなかった。

彼女の跳ぶ姿に圧倒されてしまった。

「さすが一ノ瀬先輩だな」

高橋が感嘆したようにそう呟いた。

「あの人のこと知ってるの？」

「校内では有名らしいぜ。部活の先輩が言ってた。一ノ瀬伊吹――彼女の身体能力は他の者の追随を許さない。スポーツテストは男女含めてもぶっちぎりの学年トップ。ありとあらゆる競技で本職の人間以上のパフォーマンスを発揮できる。おかげで運動部の助っ人として方々から引っ張りだこだってよ」

「へええ。すごいなあ。運動が得意じゃない僕からすると、雲の上の人だ」

イブキさんの表情には揺るがない自信が漲っている。スポーツができる人というのは僕にはとても輝いて見えた。

――僕もあんなふうになれたらなあ。

そうすれば少しは自分に自信を持てるような気がする。

グラウンドから前半終了を告げるホイッスルの音が鳴り響いた。ということは次は後半チームの僕たちが出場する番だ。

「ユウト、行こうぜ」

「うん」

ゼッケンを受け取ると、高橋と共にグラウンドに駆けていった。

さっきも言ったけど、僕は運動があまり得意じゃない。

苦手と言わずにあまり得意じゃないと言ったのは、ささやかなプライドだ。でも端から見ると運動音痴に分類されるだろう。

自分でもそれはよく分かっている。

だから試合が始まると目立たないよう黒子に徹した。

得点は0対0の同点。

接戦なのだから運動が苦手な僕は控えた方がいい。

けれど――。

「ユウト！　パス！」

「ええっ!?」

高橋が僕にパスを出してきた。慌てて右足で受け止める。

相手チームの選手がボールを取ろうと迫ってきた。

「うひゃあ！」

テンパった僕は無我夢中でボールを蹴った。狙いなんてあったもんじゃない。それでもたまたま味方のいるところに飛んでくれた。

「ナイスパスだ！」

高橋がグーサインを掲げてきたけど、今のは完全に偶然だった。もう一回やれと言われたら首を縦に振ることはできない。

もうパスされないように息を潜めておこう……。

こそこそと後ろの方にいようと思っていたら——。

「田中！」

今度は別のチームメイトからパスが飛んできた。

——ええっ!? また僕!?

名指しだから見て見ぬ振りもできない。

ちょっと逸れたところに飛んだボールに何とか追いついた。

相手チームの選手がまたボールを取ろうと迫ってくる。

「うわああ！」

僕はがむしゃらになってボールを蹴り抜いた——はずだった。

「ん？」「え？」

けれど、ボールは足下から全く動いていなかった。

とんでもない空振りだった。

相手は完全に飛んでいったボールを追いかける体勢に入っていた。半身になって、後ろに走り出そうとしている。

その隙に味方が足下のボールを運んでいった。

「よし！　ナイスフェイントだ！」

いや、単純に空振りしただけなんだけど！

「ユウト、次もパス出すからな！」

「ちょっ、ちょっと待った！」

堪りかねた僕がタイムを取ると、きょとんとしたチームメイトたちが集まってきた。

「どうした？」

「わざわざ下手な僕にパスを出さなくても！　競ってる試合なんだし！　高橋はサッカー部なんだから、一人で攻めればよくない？」

「俺一人で勝ったって面白くないだろ。皆で団結して勝つからいいんだ。だから俺はこの試合はパス回しに徹することにするぜ」

高橋がそう言うと、チームメイトたちも乗ってきた。

「そうだよな。ゴールは皆で決めようぜ」

「その方が楽しいもんな」

運動が苦手な人がいたら、だいたいは無視か出番を回さないようにしがちなのに。それを全員で一丸となって楽しもうとするなんて……。

めちゃくちゃ良い人たちだけど、僕としてはちょっと困る！

もっと蔑ろにして欲しい！　全然無視してくれていいよ！

「それにユウト、全然下手じゃないから安心しろよ」

「そうだぜ。パスもフェイントもバッチリじゃんか」

偶然が重なってそれっぽく見えてるだけで実際は下手だから！　一回もまともにプレイできてなかったから！

そして中断していた試合が再開される。

「ユウト！　上がれ！」

「上がる!?　上がるってなに!?」

「ゴール前に走るんだ！」

言われた通りにゴール前へと走った。

それを見た高橋がボールを蹴り上げる。勢いよく弧を描きながら、僕が走り込んだ位置に飛んできていた。

凄いコントロールだ！　というか――。

「どど、どうすれば!?」

「ヘディングだ！　ボールに合わせろ！」

そんなこと言われても！

うわ！　ボールが落ちてきた！

チームの皆が繋いでくれたんだ。僕で途切れさせるわけには……！

僕がヘッドバンキングよろしく頭を高速で振っていると、勢いよく飛んできたボールが思いっきりぶち当たった。

額ではなく、鼻っ柱に。

「ぐはっ……!?」

脳がぐるりと揺れ、視界が白く点滅する。

ひとたまりもなかった。

それもそのはず。ヘッドバンキングの勢い×飛んできたボールの威力だ。気づいた時には仰向け（あおむ）けに倒れて空と対面していた。

ヘディング、難しい！

サッカーゲームで見るようには上手（うま）くいかない……！

「うおー！　入った！」

「ユウト、ナイスヘディング！」

……え？　入ったの？

自分では全く分からなかったけれど、チームメイトたちの盛り上がりから察するに、何とかゴールに入ってくれたらしい。

せっかく皆が繋いでくれたものだから、ほっとした。

これで安心して倒れていることができる……。

試合はなんと、僕のへなちょこヘディングが決勝点となった。

ゴールを決めた代償に鼻血を出した僕は、保健室に行くことに。

別にこれくらい大丈夫だと言ったのだけど、体育の先生もクラスメイトたちもきちんと一度診て貰うべきだと譲らなかった。

そう言われると無下にもできない。

高橋に付き添ってもらって保健室にやってきた。

「鼻血が出ただけだし、鼻の穴にティッシュ詰めときゃあ大丈夫だろ。まあ一応、授業が終わるまではベッドで横になっときな」

保険医の先生の診断は一秒もしないうちに終わった。状況を聞いて、鼻血が出たということを伝えるとそう告げられた。

「だったら、授業に戻ります」

僕が踵を返そうとした時だった。床に木刀がたたきつけられた。

「あたしの言葉が聞こえなかったのか？」

木刀を担いだ保険医の先生が凄んできた。

「授業終わるまではここにいろって言ったろ」

「保健の先生が、どうして木刀を……!?」

「保険医の鬼頭先生、元ヤンらしいぞ」

高橋が僕にこっそり耳打ちしてくる。

「ええ!?　壊す側だった人が治す側になれるの!?」

「ほれ」

「うげ」

鬼頭先生は僕の鼻にティッシュで作ったこよりをねじ込んできた。詰め物をした僕の姿を見ると、彼女は腹を抱えて笑い始めた。

「あっはっは！　マヌケな面だなー」

「…………」

この人、苦手だ！

「皆には俺から伝えておくから。お前はおとなしく休んでろよ」

高橋が同情するように僕の肩に手を置いた。

ごねてもまた木刀を持ち出されそうだし、素直に保健室で休むことにしよう……。

「保健室のベッドで寝るのは初めてだ……」

学校で具合が悪くなった生徒は保健室のベッドで休むことになるのだが、こう見えて僕は一度もその経験がなかった。

丈夫に産んでくれた母さんに感謝だ。

保健室にはベッドが三つあり、それぞれが白いカーテンで仕切られている。指定された右端のベッドに寝転がった。

「うーん。することないな……」

ベッドに仰向けになった僕はぽつりと呟いた。

何せ具合が悪いわけじゃない。鼻血ももう止まってるし。特に眠気もない。時間を持て余してしまっていた。

天井のシミでも数えて過ごそうかな。そんなことを考えていると、ベッドの周りを囲んでいたカーテンがゆっくり開けられた。

「アカネさん……!?」

「しーっ」

アカネさんは口元に指をあてがう。

「うるさくすると鬼頭先生にバレちゃうでしょ」

開けられたカーテンの隙間から僕のいるベッドの領域に忍び込んでくると、そのまま縁のところに浅く腰掛けてきた。僕を見下ろしながら言う。

「隣のベッドで寝てたらユウトくんの声が聞こえてきたからビックリしたよ。カーテンの隙間から思わず覗いちゃった」

そういえば体育の授業で姿を見ないと思っていたら……。保健室にいたのか。

仰ぐように下から覗いても、アカネさんの顔立ちは整っていた。定規で引いたみたいに顎のラインはシャープだ。思わず見入ってしまいそうになる。

「ユウトくん、いい顔してるねえ。写真撮ってやろ」

「や、やめてくださいよ」

鼻にこよりを詰めた僕を見てスマホを掲げたアカネさんを制止する。

「でもアカネさん、大丈夫なんですか？」

「なにが？」

「ベッドで寝てたってことは、どこか具合悪いんですよね？」

「いいや全然」

「は？　じゃあどうしてここに」

「体育の授業は気が乗らなかったからねー」とアカネさんは笑う。「ま、俗に言うサボりってやつですな」

「うわあ。さらっと凄いこと言った」

僕は呆れてしまう。

「だけど、熱もないのに休むのをよく許してもらえましたね」

「ユウトくん、発熱はね、作れるものなんだよ」

「そんな、可愛いは作れるみたいなキャッチコピー風に言われても……。どういうことなんですか？」

「熱を測る前に階段ダッシュをして一汗掻いたり、腋に挟んだ体温計を擦ることで摩擦熱を起こして体温を引き上げたりした」

「努力するところ間違ってるでしょ」

それだけ頑張れるのなら、授業に出ればいいのに。

「知ってる？　成功する人は皆、楽するために努力するらしいよ。つまりあたしは成功者と同じムーブをしているわけ」

「良いように言わないでください。ただ怠惰なだけじゃないですか」

僕が冷たく突き放すように言うと、アカネさんは嬉しそうにする。どさくさに紛れてそのまま布団の中に潜り込んできた。

「ちょっ……！　何してるんですか……！」

「一人で過ごすのに飽きてきた頃だったから。……おっと、騒がない方がいいよ。声が外に聞こえたらマズいでしょ」

確かに鬼頭先生にバレてしまうのは事だ。また木刀が火を噴きかねない。怪我の箇所が増えてしまう。

だから、僕は侵入してきたアカネさんを受け入れた。

「ユウトくんもヒマだったでしょ。体操着姿ならスマホも持ってないだろうし。いっしょに動画でも見よっか」

「そんなことしたら音が漏れるんじゃ」

「イヤホンつければへーきへーき」

アカネさんはごそごそとスカートのポケットから水色のイヤホンを取り出した。片方を僕に向かって差し出してくる。

「はい。ユウトくんの分」

渋々受け取ると、右側の耳につけた。

もう片方をアカネさんが左耳につける。

うつ伏せになった僕たちの肩同士が触れていた。

……きょ、距離が近い。

「実は見せたい動画があるんだよねー」

アカネさんはそう言うと、手元のスマホを操作する。

とある動画サイトが出てきた。

「ピックトークンって知ってる？」

「えっと。確か最近流行ってるSNSですよね。十秒くらいの短い動画が見られる。僕は見たことないんですけど」

「そうそう。ダンスとかネタ動画とか、誰でも気軽に投稿できるの。うちのクラスの女子の間でも結構流行ってる」

アカネさんは「たとえば……」と呟きながら手元のスマホを操作する。

画面には知らない高校の制服を着た女子高生が現れた。ノリのいい音楽に合わせて友達といっしょに身体を揺らして踊っている。キレが良くて、堂々としていた。

指で画面をスワイプすると、動画が次々と切り替わっていった。

癒やされる動物の動画や笑えるネタ動画もあったけど、全体的に華やかな女子や男子がダンスをしているものが多かった。

「へえー。こんな感じなんですね」

「どう思った？」

「僕には縁のない世界だなあと」

正直な感想を口にすると、アカネさんはぷっと噴き出した。

動画に出てくる高校生たちは皆、華やかでキラキラとしていた。クラスの中心にいる人じゃないと出せないオーラだ。陰キャの僕には遠い世界に見える。

「じゃあ、この動画は？」

すっと僕の元にスマホが差し出される。

そこに映し出されていたのは——。

「これ、アカネさんじゃないですか」

スマホの小さな画面の中にアカネさんがいた。

流れる音楽が喜怒哀楽を指示し、その感情に合わせたポーズを取っている。

全力笑顔と言われたら口角を上げたり、全力泣き顔と言われたら指で涙を流すポーズを取ったりしていた。

「これ自分で撮ったんですか？」

「まさか。クラスの友達にスマホ向けられてさ。拒否できるノリじゃなかったからやってみたら動画を上げられちゃってた」

友達のアカウントから投稿されたものらしい。

見ると、動画にはいいねを示すハートマークがたくさんついていた。武道館のライブの動員数くらいの数は優にあった。

コメントも千件以上ついている。

「アカネさんの動画、物凄くバズってますね」

「みたいだね」

「何だか他人事みたいですね」

「そりゃあ、いいねが数万ついてるとか言われても現実感ないでしょ。実際に数万人が目の前で親指を立ててくれたら実感も湧くけど」

「その絵面はかなり怖いですけど」

数万人が一斉に親指を立てる光景は嬉しいより不気味が勝つと思う。

「コメントもたくさんついてますよ」

「えー。褒め言葉だけならいいけどさ。批判の意見も絶対あるでしょ？　わざわざそんなの自分から見たくないってば」

アカネさんはそう言うと、

「あ、いいこと思いついた。ユウトくんが動画のコメントを代わりに読んでよ。で、褒めてるのだけをあたしに教えて」

「僕が検閲するわけですか？　まあ、別にいいですけど」

アカネさんのスマホを受け取ると、動画のコメント欄をタップする。すると視聴者たちのコメントがずらりと表示された。

九割くらいは絶賛のコメントだった。ごく少数、批判的な意見もあったけど、叩きたいという目的ありきのものが多い。

僕はアカネさんを褒めているコメントに目を通すと、その中のいくつかをアカネさんに見せようとした。

「たとえばこれとか――」

「いやいや、読み上げてよ」

「はい?」

「これいいなと思った褒め言葉を、あたしの耳元で囁いて。そしたらユウトくんに褒められてるみたいで気持ちよくなれそう」

「そ、そんなのできませんよ。恥ずかしい」

「おっと、いいのかな? ユウトくんが首を縦に振らないなら、あたしは外に聞こえるような大声を出すかもよ。この状況を見られてもいいのかな?」

「そしたらアカネさんも大変なことになりますよ」

「その時は死なばもろともよ」

「もうすでに腹を括っている……!?」

今の状況を見られてしまえば、問題になることは避けられない。下手をすると校内での立場も悪くなりかねないのに。

「あたしはもう素行の悪い生徒で通ってるけど、ユウトくんは優等生。今の段階で悪評が立つのは堪えるでしょ。さあどうする？」

「……くっ！　わ、分かりましたよ……」

僕にはまだ、アカネさんほどの胆力はない。

抗うことができず、全面的に要求を呑むことになった。

コメント欄に目を通すと、アカネさんへの褒め言葉をピックアップする。

ええい、こうなったらもうやけくそだ！

彼女の耳元に顔を寄せると、それらをぼそりと囁いた。

「す、すごい可愛い」

「ふーん。ほかには？」

アカネさんがニヤニヤしながら、僕に次を促してくる。

「……美人すぎて辛い」

「ありがと♪　よし。もう一声いってみよう」

「こんな人が彼女だったら最高なのに」

「なるほどねえ」

アカネさんは僕を見ながらにやりと笑う。

「そっかー。ユウトくん、そんなふうに思ってくれてたんだ？　嬉しいなあ。実はあたしのこと大好きだったとは」

「ぼ、僕じゃないですよ。コメントですから……！」

「その割には顔、真っ赤になってるけど」

「それは照れてるとかじゃなくて、恥ずかしいからですよ！」

さすがに耐えきれなくなる。

「もういいでしょ。充分満足したはずです」

「おっと。もうちょい声のボリュームを落として」

アカネさんは僕の唇を指で塞いだ。

危ない。ついヒートアップしてしまった。

「けど、ユウトくんに誉め言葉を読み上げて貰うのいいかも。よし。これからは定期的に朗読会を開くことにしよう」

「絶対嫌ですよ」

その時だった。

不意に外から保健室の扉が開けられる音がした。

足音が駆け込んでくる。

「おう、どうしたよ、そんなに慌てて」

応対する鬼頭先生の声が聞こえる。

「……一年五組の田中ユウトくんが怪我をして保健室に運ばれたと伺いました。彼の容態についてお聞かせ願えますか」

この濁りが一切感じられない清らかな声は――カナデさんだ。

どうやら僕が保険室に運ばれたのを聞いて、心配して駆けつけてくれたらしい。

「あのちびっ子なら問題ねえよ。鼻血が出ただけだ。今鼻にティッシュを詰め込んで右端のベッドで寝てるよ」

「そうですか」

カナデさんの声には安堵が滲んでいた。そして、次に彼女が口にした一言で僕の全身の血の気は一気に引いた。

「では、少し様子を見ていきます」

今、僕のベッドにはアカネさんが潜り込んでいて、身を寄せ合っている。こんなところをカナデさんに見られようものなら——。

大戦が開幕するのは、火を見るより明らかだ。

どうにか食い止めないと！

「カナデさん。ちょっと待って——」

僕が制止の声を上げるより早く、カナデさんはカーテンを引いていた。早っ！　機械のように俊敏な動作だった。

そうして僕たちは邂逅を果たした。

「……ユウトくん。お身体の具合はいかがですか？」

ベッドに仰向けになった僕を見下ろすカナデさんの視線の先には——アカネさんの姿は映っていないようだった。

それもそのはず。

アカネさんはカーテンが引かれる寸前、布団の中に素早く潜り込むと姿を隠したからだ。

だけど問題があった。

ベッドには僕一人しかいないと思わせるために、閉じた貝みたいにアカネさんがぴたりと身をくっつけていた。

体温が伝わってくる。それに良い匂いも……。

「あひゃ」

「えっ」

ってアカネさん、僕の胸元を指でつうっとなぞってきてる！　何考えてるんだ!?　バレたらどうするの!?　思わず奇声を上げてしまった！

「どうかしたのですか？」

「い、いえ。なんでも。それよりわざわざ様子を見に来て貰ってすみません。でももう平気ですから」

「心なしか顔が赤いようですが……？」

「き、気のせいですよ。いつもこんな感じですから」

「それに急に奇声も上げていましたし」

「これもいつもこんな感じです。奇声上げがちなんです。僕」

「そ、そうなんですか」

カナデさんはちょっと引き気味にそう言うと、

「……じーっ」と僕のことを見つめてきた。

「ど、どうしたんですか？」

もしかしてバレてしまった!?

「いえ。鼻に詰め物をしたユウトくんも可愛らしいなと思いまして。よければ一枚お写真を撮らせていただけませんか」

「皆、この僕の状態を凄い撮りたがるなあ……」

「皆とは？」

「何でもないです。一枚だけなら」

カナデさんはスマホを掲げると、鼻によりを詰めた僕の写真を撮った。出来映えを確認すると、ぎゅっとスマホを抱きしめる。

「……ありがとうございました。待ち受けとＲＩＮＥのアイコンにします」

「待ち受けはまだしも、ＲＩＮＥのアイコンはさすがに勘弁してください！　カナデさんの家族や友達が見たらビックリするでしょ！」

「自分の子供やペットをアイコンにしている方は多く見受けられますよ」

「僕はカナデさんの単なる後輩ですから！」

子供でもペットでもない。

「でも、大事に至らなかったようで安心しました。私は戻ります。ムリはせず、安静にしてくださいね」

カナデさんはそう告げると、この場から立ち去ろうとする。

何とかやり過ごせたみたいだ。心の中でホッと息をつこうとした時だった。

「――と、見せかけて」

踵を返したカナデさんはフェイントのように切り返すと、僕の身体に掛かっていた布団を勢いよく剝ぎ取った。

バサッと。

隠れ蓑を脱がされたアカネさんの姿が露わになる。

「げ」

「……あなたは何をしているのですか？　赤坂さん」

カナデさんはそれを絶対零度の眼差しで見下ろしていた。

「あは。どうして分かったの？」

「今日の体育の授業を休んでいたでしょう。なら保健室にいるはず。そこにユウトくんが来ればちょっかいをかけるのではと推察しました」

「さすが白瀬さん、名探偵だね」

「褒められても嬉しくありません」カナデさんは一蹴する。「やはりあなたはユウトくんに悪影響を与える存在です」

「だったらどうするつもり？」

「私がユウトくんを浄化します」

そう言うと、カナデさんは「失礼します」と僕の布団に潜り込もうとする。

「ええ!?　カナデさん、何を!?」

「赤坂さんはユウトくんとこの授業時間を過ごしたのでしょう。では、私も同じように次の時間をあなたとここで密に過ごします。そうすることで、赤坂さんから受けたであろう悪影響を私が払拭してさしあげます」

真顔でさも当然のことのように言ってくる。無機質に淡々と告げるカナデさんは任務を遂行するロボットみたいに見えた。

「ダメだ」と後ろから鬼頭先生が言ってきた。「それは認められん」

「……なぜですか？　私は先ほどから気分が優れません。であるなら、保健室で休む権限は有していると思いますが」

元ヤンの先生相手にも退かずに食ってかかるカナデさん。

凄いな、と思った。僕よりもずっと肝が据わっている。

「お前が体調不良で休む分には別に構わんが、そっちのちびっ子はダメだ。生徒が保健室で休めるのは一時間だけと決まってる。それ以上経っても容態が優れないようなら、今日のところは早退して貰うことになるな」

もっとも、と鬼頭先生は僕の方を見た。

「お前はもう元気だろ。ボールが鼻に当たって血が出ただけなんだから。じきにチャイムが鳴るだろうし、もう教室に戻っていいぞ」

「え？　あ、はい、分かりました。お世話になりました」

僕は結局、その後の授業は復帰して普通に受けることに。

「い、いやです。私はユウトくんといっしょに休みます」

……カナデさんはまだ納得していなかったけれど。

バイトのシフトが終わった後、店の裏口の扉を開ける時はいつも気持ちがいい。開放感に全身の細胞が打ち震えているのが分かる。

温い夜風にあたりながら、家までの短い帰り道を歩く。

頭上には月が出ている。

徐々に夏が近づいている気配がした。

アパートの前まで戻ってきたところで、僕はふと足を止めた。

人が倒れていた。階段の途中にぐったりと横たわっている。

「――え」

一瞬、自分の目を疑った。何かと見間違えてるのかと思った。

でもそれはどう見ても人間で、しかも女子だった。

ＡＥＤをすることすらセクハラだと捉えられかねない今の時代――むやみに関わるのはリスクがある気もしたけれど、倒れているなら放っておけない。

恐る恐る女性の元に近づくと、僕は声を掛けた。

「あの……大丈夫ですか？　救急車呼びましょうか」

アパートの廊下から漏れる外灯の光で、女性の姿がぼんやりと浮かび上がる。僕はふと見覚えがあることに気づいた。

「あれ？　あなたは確か、一ノ瀬伊吹さん……？」

今日の体育の授業――二メートル近い走り高跳びをしてた人だ。

「……む。君は？」

女性――イブキさんは僕の声を聞いて怪訝そうにする。

「えと。怪しい者じゃありません。僕は西高の一年五組の田中ユウトと言います。このアパートで一人暮らしをしています」

「田中ユウト……？　ああ、君はマキの弟か」

「マキねえのことを知ってるんですか？」

「大事な友人だからな。弟が一人暮らしを始めたというのも聞いていた。だが、まさか同じアパートだったとは」

「僕も驚きでした。でもおかしいな。越してきた時に全員に挨拶したはずだけど。イブキさんは何号室ですか？」

「私は二〇二号室だが」

「僕の部屋の隣だった……！　でもそこは挨拶に行っても誰も出なかったし、確か表札も出てませんでしたよね。てっきり空き部屋かと」

「インターホンが壊れているからな。表札も出していなかったし。そうか。君には面倒を掛けてしまったようだ」

イブキさんはそこでふと思い出したかのように、

「おっと、挨拶が遅れてすまない。一ノ瀬イブキだ。一つよしなに」

「いえいえこちらこそ――じゃない！　倒れたまま握手を求められても！　イブキさんは大丈夫なんですか？」

「何がだ？」

「倒れてるじゃないですか！　もしどこか悪いなら病院に行った方が――」

「いや、問題ない。身体は健康そのものだ。肌はかすり傷一つないし、全身の約六十兆の細胞は今も生き生きとしている」

「え？　じゃあどうして――」

と僕が理由を尋ねようとした時だ。


グゴゴゴゴゴゴ……！


地響きのような重量のある音がその場に響き渡った。

「なんだ!?　地震!?」

思わず身構えてしまう。

イブキさんを見ると、僕から顔を逸らしていた。耳がかあっと赤くなっている。こほんと咳払いをすると、蚊が鳴くような声量で呟いた。

「……今のはその、私の腹の音だ。実は一昨日から何も食べていなくてな。部屋に戻ろうとする途中で力尽きてしまったんだ」

「もしかして、減量中とかですか？」

彼女はアスリートだ。

「だとすれば、どれだけ良かっただろうな」

はは、と自嘲するように笑みを浮かべるイブキさん。

「単純に食料を買う金がない」

その虚ろな目はどこか遠くを見ていた。

どう反応していいものか分からず、僕は曖昧な表情を浮かべる。金銭面はセンシティブな話題だから、ちょっと触れにくかった。

その時、イブキさんは僕の右手に提げられた袋に気づいたらしい。

「む？　その袋から何やら良い匂いがするが」

「ああ、これですか。コンビニのお弁当です」

この中にはコンビニ弁当が入っていた。

廃棄される予定だったものを、まだ食べられるからと店長に貰ったものだ。

店長は僕が一人暮らしをしていることを知っていて、捨てるのも勿体ないし食費が浮くだろうからとこっそり持ち帰らせてくれた。

雇われ店長ではなく、フランチャイズのオーナーだから裁量が利くらしい。

優しい人だ。

「……ごくり」

イブキさんはエサを前にした犬のような目で、袋の中のお弁当を見つめていた。彼女は一昨日から食事をしていないと言っていた。

どうにもいたたまれなくなった僕は、思わず尋ねていた。

「良かったら食べますか？」

「いいのか!?」

「まあ別に買ったものじゃないですし。廃棄する予定のものを貰ってきたので。それでも良ければですけど」

「ぜひ食べたい！　食べさせて欲しい！」

気持ちいいほどの即答だった。

僕はイブキさんを部屋に上げることに。

廃棄するはずだったとは言え、お弁当は店長がくれたものだったから、ちゃんと胃袋に収まるところを見届けた方がいい気がした。

「んんっ……！　おいひい……！」

イブキさんの食べる勢いは凄まじかった。

二日ぶりの食事ということもあるだろう。幸せそうな表情を浮かべていた。

「ごちそうさまでした！」

心からの感謝を示すように両手を合わせるイブキさん。

ブルドーザー並みの勢いで息をつかせずに全て平らげてしまった。空の弁当箱には米粒一つ残っていない。

「よかったらお茶もどうぞ」

「おお、気が利くなあ！　ありがとう！」

イブキさんはお茶の入ったコップを受け取ると、ぐいぐいと喉を勢いよく鳴らしながら一気に飲み干した。

タルみたいな体型の海賊が酒宴の時にジョッキを一気飲みする時のような、それは豪快な飲みっぷりだった。

「ふう、満足満足」

お腹をさすりながらそう呟いたイブキさんだったが――。

グゴゴゴゴゴ……！

彼女の満足という言葉に対し、腹の虫が盛大に異議の鳴き声を上げた。

「もしかしてまだ、お腹空いてます？」

「……そ、そんなことは」

イブキさんは誤魔化そうとするが、腹の虫がまた鳴いた。

「……ある。正直、まだぺこぺこだ」

くっ……と屈服する女騎士のような表情を浮かべていた。

「簡単なものでよければ作りますけど」

「本当か⁉」

「味の保証はできかねますけど」

「毒が入っていなければ、何でも美味しく食べられるぞ！」

「あ、じゃあ大丈夫だと思います」

さすがにそこまでは酷くないはずだ。たぶん。

冷蔵庫にある野菜と昨日の残りの冷やご飯を使い、チャーハンを作ることに。溶いた卵とご飯を混ぜ合わせてから、切った野菜を炒める。

味見をしつつ、塩コショウで味を調えたら完成だ。

「おお！　チャーハンか！」

「好きなんですか？」

「口にできるものなら基本、何でも好きだ！」

「じゃあ、好き嫌いはないんですね」

「そういうことになるな！」

イブキさんはそう答えると「では、いただきます」ときちんと両手を合わせ、スプーンいっぱいに掬い取ったチャーハンをほおばる。

「んっ……!?」

目を大きく見開いたイブキさん。

これはどっちの反応だろう……？

僕が固唾を呑んで見守っていると――。

「おいひいい……！」

頬に手をあてがい、とろけるような表情を浮かべていた。

良かった！　口に合ったみたいだ。

「美味だ！　食べる手が止まらない！」

イブキさんの美味しいもののハードルが低いというのもあるだろうけど、料理を喜んで貰えたのは僕にとっては大きな自信になった。

自分の作ったものを人に食べさせて喜んで貰えるのは、とても嬉しい。自分の価値を認めて貰えたような気持ちになる。

「ああ、美味しかった。満足できる量の食事を取ったのは久しぶりだ」

「今までは何を食べてたんですか？」

「昼は主にクラスの友人たちからのお弁当のお裾分け。夕食はスーパーの試食品やパンの耳を食べて食いつないでいたな」

「ええ!?　でも試食品って、お試しで食べるものですよね？　何個も食べてたら店に怒られませんか？」

「うむ。だから色々なスーパーを駆け巡っていた。しかし、移動するのにカロリーを消費してしまうから、結局は腹が減ってしまうのだが」

イブキさんはやれやれと肩を竦める。

「コンビニ弁当などは高級品すぎて買えないからな。こうするしかない」

「ご家族の食事はどうしてるんですか？　イブキさんは試食品の食べ歩きができても、家には持ち帰れませんよね」

「問題ない。私は一人暮らしだからな」

「え。そうなんですか？」

「うむ。だから自分の衣食住の心配だけでいい」

「僕もそうですけど、高校生の一人暮らしって珍しいですよね」

「かもしれないな。うちの父は高校生になると同時に私を外に放り出した。獅子は我が子を千尋の谷に突き落とすものだと言ってな」

「お父さん、獅子なんですか？」

「獅子ではないが、百獣の王ではあるらしい」とイブキさんは言った。「地上最強の男を

目指しているとも言っていたな」

「お父さん、少なくともスーツ姿の仕事はしてなさそうだ」

完全に偏見でしかないけれども。

「だけど、イブキさんだけで暮らしてるなら、どうにでもなるような。今、バイトとかはどれくらいしてるんですか？」

「していないが」

「えっ」僕は思わず声を出してしまった。「してないんですか？　全く？　シフトとか日雇いとか含めても？」

「完全に全くこれっぽっちも働いていない」

イブキさんははっきりとそう言い切った。

「ユウト、一度よく考えてみて欲しいのだが」

唖然とする僕を前に、イブキさんは真剣な面持ちで言った。

「働くのって、しんどくないか？」

それは国民の三大義務の一つ――勤労の義務に一石を投じる発言だった。こんなに素直に疑問を呈されると一周回ってビックリしてしまう。

確かにそうかもしれないけど、真っ正面から言う人は初めて見た。

「私はな、自らの欲に忠実な人生でいたいんだ」

イブキさんは胸に手を置きながら言った。

「お腹いっぱい食べたいし、ぐっすりと寝たい。それと同じように働きたくない。だから私はバイトはしない。以上だ！」

「ここまで言い切られると、いっそ気持ちいいな……。だけど、お金がないと生活するのは難しいですよね。家賃はどうしてるんですか？」

「運動部の助っ人や、近所のスポーツクラブのコーチをすることでギリギリ賄っている。これでも一応、身体能力には長けているからな」

「何だかプロみたいで凄い……！　じゃあ、特定の部活には入ってないんですか」

「ああ。そうなると拘束されて、他の部の助っ人に行けなくなってしまうからな。収入が減ると家賃が払えなくなる。それに私は、色々なスポーツを楽しみたい。わざわざ一つに絞る必要もないだろう」

バイトはしたくないけど、助っ人として働くのはできるということは、身体を動かすのは本当に好きなのだろう。

「ユウトはどうして一人暮らしを？」

「これまでずっと、両親に甘えてばっかりだったので。ちゃんと一人でやっていけるようになりたかったんです」

「おお！　偉いな！」

「いや、そんな……えへへ。言っても家賃分は出して貰っていますし」

「だが、バイトしているのだろう？　それだけで立派だ。しかも、料理まで自炊することができるのだから」

「あ、ありがとうございます」

真っ直ぐに褒められると照れてしまう。

「でもイブキさんも凄いですよ。自分の才能でお金を稼いでるんだし。普通の人にはできない生き方じゃないですか」

「それくらいしかできないという説もあるがな」

イブキさんは苦笑すると、それに、と言った。

「家賃分は何とか賄えているが、ガスや水道はしょっちゅう止まるからな。とてもまともに生活できているとは言えない。一度、真冬にお湯が止まって、冷水のシャワーを浴びることになった時は地獄だった」

「うわぁ。想像するだけでゾクッとする」と僕は両肩を抱いた。「でも、ガス代は一日日雇いをすれば稼げるじゃないですか」

「求人募集のページを見ていると目眩がしてくるからダメだ。面接の電話を掛けることを思うと全身の震えが止まらなくなる」

「イブキさん、前世の死因はきっと過労死だったんですね」

この調子だとイブキさんはこれからもバイトをする気はないのだろう。たくさん動くのならお腹も空くに違いない。

それを考えると不憫になってきた。

「廃棄のお弁当で良ければ、また貰ってきましょうか」

「えっ!? いいのか!?」

僕が提案すると、イブキさんは目を輝かせた。

「はい。それと、自炊して作りすぎた料理があったらお裾分けとかも。まあ、味の保証はできないですけど」

「恩に着る!」

イブキさんは食い気味に僕の手を取ってきた。

「やはり持つべきは、フランチャイズのコンビニでバイトするお隣に住む優しい後輩だな!」

「かなり条件が限定的ですね……」

「それとももう一つ、時々お風呂を貸してくれると嬉しい……。かなりの頻度で家のガスが止められてしまうから……!」

「どさくさに紛れて更に付け加えてきた……!」

「ふふ。君は今、私のことを厚かましい先輩だと思っただろう」

「い、いえ。そんなことは」

「だが、構わない！ 生きていくのに余計なプライドなど不要だ。助けて欲しい時に全力で助けを乞えるのが何より大事なんだ！」

「うわあ！ 土下座しながら言わないでください」

僕は慌ててイブキさんの顔を上げさせる。

「そんなことしなくても、お風呂くらい貸しますから！」

「ありがとう……！」

イブキさんはいそいそと顔を上げる。

「だが、先輩として貰ってばかりではいけない。何か返さなければ……！　しかし私に金はないし持ち物も少ない。価値あるものと言えば……そうだな、臓器くらいか？」

「いらないです！」

「だが、部位によってはそれなりの額するというぞ？」

「金額の問題じゃなくて！　重すぎて背負えないです！　後、臓器を貰ってもそれを売りさばくツテもないですし！」

「しかしこのままではなあ……」

「じゃあ、こうしましょう！　イブキさんは部活の指導もしてるんですよね？　なら僕のことを鍛えてくれませんか？」

「む？」

「僕は運動するのが苦手で、筋肉も全然ないし。強くなりたいんです」

「おお！　それくらいなら易(やす)いものだ！」

イブキさんはそう言うと、ドンと胸を叩(たた)いた。

「任せておけ！　私にはこれまでに数々指導して成長させてきた実績があるからな。必ずやユウトのことも強くしてみせよう！」

「よろしくお願いします」

こういう形ならイブキさんも納得できるだろう。

元々、僕も身体を鍛えたいとは思っていたし。

「しかし、食事もお風呂もお世話になってしまうとは。ユウトは今、私の生殺与奪の権利を握っていることになるな！」

「そう言われるとプレッシャーが凄いなあ」

僕がバイトをクビになってしまえば、廃棄のお弁当を持ち帰れないし自炊のための食材も買えないからイブキさんは飢えてしまう。

自分だけじゃなく、イブキさんの生活も背負っている。

プレッシャーだ……！

こうして僕はイブキさんと知り合うこととなった。

第四章　お泊り会

ある日の放課後。

僕は自室にてカナデさんに料理を教えて貰っていた。

品目はカレーだ。

玉ねぎやじゃがいも、ニンジンや鶏肉(とりにく)を丁寧に包丁で切る。

カナデさんが。

僕はそれらの具材を厚手の鍋の中に放り込むだけ。

鍋を熱すると、サラダ油を敷いた。玉ねぎがしんなりするまで炒(いた)めると、残りの具材を入れてから炒める。

カナデさんが。

僕は見ているだけだった。

「いやあの、僕が作らないと意味がないんじゃ」

「包丁や火を取り扱うのは危険ですから。ユウトくんに何かあれば、ご両親に合わせる顔がありません。

それ以前に、包丁や火を取り扱うユウトくんを、私が正気を保った状態で見守り続けるのは不可能です。発作を起こしかねません」

「いくら何でも心配しすぎじゃないですか？」

「心配しすぎて損をすることはありません」

カナデさんはそう言うと、

「なので、火や包丁を扱う作業は全て私がやります。ユウトくんは炒めて煮込んだ鍋の中にルウを入れてください」

「労力の比率が九対一くらいなんですが！」

「これは大事な作業です。ダルマで言う目に墨を入れるようなものです。この工程が料理の命運を握ると言っても過言ではありません」

「過言だと思うけどなあ」

僕はそうぼやきながら、割ったカレーのルウを鍋の中に投入する。絵の具を垂らしたかのように熱水がカレー色に染まる。

「よくできましたね。百二十点です」

カナデさんは労るように僕を抱きしめた。

「ユウトくんはルウを入れる天才ですね」

どう考えても褒めすぎだし、他に使い道のない才能すぎる。

そもそもこんなの、手にしたものを全て壁に投げつけるゴリラでもない限り、しくじりようがない気がするんだけど。

カナデさんは僕に甘すぎる。

ルウを入れた鍋からは、カレーの香ばしい匂いが立ち上っていた。

すると――。

ぐぎゅるるるる……!!

その匂いに反応するようにお腹が鳴った。

「……良い匂いがしたものだから、つい」

イブキさんが恥ずかしそうに呟いた。

彼女も今日、僕の部屋に来ていた。腕立て伏せが三回しかできない僕に、筋トレの指南をしてくれることになっている。

「カレーは大好物だが、食べる機会がなくてな」

「試食品にカレーはあんまりなさそうですもんね」

「しかしカレー粉は便利だぞ。大抵のものはカレー粉をかければ食べられるからな。私もよくお世話になったものだ」

「サバイバルする人のライフハックだ」

「今日はライスに掛けられるのだから、美味いこと間違いなしだ。ふふ。完成するのが今から楽しみだな」

「別にお裾分けするとは言っていませんよ」

「ええっ!?」

カナデさんの言葉に、イブキさんがショックを受けた。

「私はユウトくんが食べて喜ぶ姿を見たいだけなので。完成した料理を他の人にも分けてあげる義理はありません」

「白瀬さん、いけずだ！　けちんぼだ！」

イブキさんは抗議する。

「今、一人の人間の夢が潰えようとしている！」

安価な夢だ。

「いいじゃん別に。食べさせてあげれば」

ソファに寝転んでいたアカネさんが口を挟む。

「ユウトくんもそんなにたくさんは食べられないでしょ」

「赤坂さん。あなたの意見は聞いていません」

「おーこわ」

「まあまあ」と僕は宥めに入った。「僕一人じゃ全部は食べきれないですし。皆で食べた方がおいしいですよ」

「……分かりました。ユウトくんがそう言うのなら」

僕の鶴の一声によって、カナデさんはあっさりと飲んでくれた。アカネさんの言葉にはまるで耳を貸さなかったのに……。

何を言うかより、誰が言うかなんだなあ。

「けど、この部屋も随分と賑やかになったねえ」

アカネさんがしみじみと呟いた。

今日はアカネさんにカナデさん、イブキさんと三人が部屋に来ていた。

年上のお姉さんたちに囲まれている。

「というかアカネさん、今日はシフトありませんよね？　この部屋に来るのはバイトまでの暇つぶしなんじゃ……」

「ここ居心地いいからさー。何もなくても来ちゃった」

アカネさんは寝転んだまま笑った。

「嫌なら嫌とハッキリ告げるのも大事ですよ」

とカナデさんが僕に教唆してくる。

「あたしとユウトくんはバイト先がいっしょだから。もし追い出そうものなら、これから当たりが強くなっちゃうかも」

「混じりっけなしの脅迫をしてきた！」

「その時はパワハラとして告発しましょう」

「ふっふっふ。やれるもんならやってみなよ」アカネさんは笑う。「その前にユウトくんの口封じに走るから」

「私が命に代えても守り抜いてみせます」

「カナデさんは自分の命を軽く扱いすぎですよ」

「ユウトくんの命が私にとって重いだけです」

「少なくとも、カナデさんの気持ちがめちゃくちゃ重いことは分かりました」

僕はそう言うと、

「そもそもアカネさんは腹いせにパワハラするような人じゃないし。こう見えても意外と面倒見が良い先輩ですよ」

「今の聞いた？　ねえ聞いた？　ユウトくんに信頼寄せられちゃってるなー、あたし」

「くっ……！　すっかり手懐けられていますね……」

勝ち誇ったアカネさんを前に、ぐぬぬと悔しそうにするカナデさん。

「ところでユウトくん。ちょっと引っかかったんだけど」

「はい？」

「こう見えてもって言ってたけど。あたしのこと、どういうふうに見えてんの？　そこんところはハッキリさせとこうか」

アカネさんの視線が僕に向けられた。笑顔がなんだか怖い。

「え。いやそれは……」

アカネさんは僕の元に近づいてくると、ヘッドロックを掛けてきた。

「おらおら。どう思ったのか、言うまで離さないよ」

背中越しにアカネさんの体温が伝わってくる。

「ば、万事いい加減なダメ人間に見えてました……！」

「なんだとうー。これはもう先輩として指導しないとね」

「言っても言わなくても結局ダメじゃないですか！」

「おお、楽しそうだな。プロレスごっこか。私も混ざりたいぞ」

草プロレスをしていた僕たちを見て、イブキさんが無邪気にそう口にする。その光景をカナデさんが遠巻きに冷たい目で見ていた。

しばらく戯れた後、カレーが煮えてきた頃に僕は解放される。

アカネさんは満足そうに伸びをした後に、今までのやりとりの基盤になっていた感情を全て洗い流したように尋ねてきた。

「そういえば、ユウトくんの週末のシフトってどうだっけ？」

「金曜日に入った後は土曜日の夕方ですね」

「金曜日は四時半から八時半までだっけ？」

「はい。アカネさんと同じです」

アカネさんはふと思いついたように言った。

「じゃあさ、お泊まり会でもしない？」

「え」

「あたしも金曜日のシフト終わったら、土曜は丸々休みだし。金曜日の夜にお泊まり会を開催することに決定しました」

「もう決定事項になってる！」

提案から決議までが早すぎる！　独裁政治か？

「せっかくの一人暮らしなんだし、存分に楽しまないと」

「確かに実家ではそういうのはできないですけど」

僕はそう言うと、思わず尋ねた。

「アカネさんは気にならないんですか？」

「なにが？」

「その……一応泊まりなわけじゃないですか」

「お、もしかしてワンチャン期待しちゃってる？」

「べ、別にそういうわけじゃないですよ！」と僕は慌てて否定する。「あくまでも一般的な話をしてるんです！」

「ふふ。照れてる照れてる」

アカネさんはにやりと笑うと、

「まあ、ユウトくんがその気なら、あたしはやぶさかじゃないけど？」

「ええっ!?」

「大人の階段、おねーさんが上らせてあげようか？」

「ひええ!?」

「私はお泊まり会には反対です」

カナデさんが冷や水をぶっかけるように告げた。

「ユウトくんにとって良い影響があるとは思えません」

「大人の階段を上れるかもしれないのに？」

「今それを上るのは、時期尚早だと思います」とカナデさんは言った。「急すぎると転げ落ちてしまいかねません」

「でもお泊まり会、絶対楽しいから」とアカネさんは僕を見た。「ユウトくん、夜中に皆でゲームとかしたくない？」

「夜中に皆でゲーム……！」

それは僕にとって甘美な響きを持っていた。

「正直、めちゃくちゃしたいです……！」

「ユウトくん……!?」

夜、時間を気にせずに気心の知れた人たちとゲームで盛り上がる。

一人暮らしを始めるにあたって、まず夢想した光景だった。

本来は男友達を想定してのものだったけれど、アカネさんたちとゲームをして遊ぶのもすっごく楽しそうだ。想像するだけでワクワクする。

「それに皆でご飯を食べるのも楽しそうだと思うんだよね」

一人暮らしをしてから、夕食はほとんどぼっち飯だった。たまには他の人と食べたいと思っていたところだ。

「一ノ瀬さんもそう思うよね？」

「うむ！　一人で食べるご飯は美味しいが、皆で食べるご飯はまた格別だ！　私もぜひご相伴にあずかりたい！」

「もちろん。ユウトくんもいいよね？」

「そうですね。それならイブキさんもぜひ」

「おお、ありがとう！　今から楽しみだ！」

イブキさんも乗り気のようだ。

「さてと。これで一ノ瀬さんも参加決定だね」

アカネさんはしてやったりの顔になる。

「……上手く抱き込みましたね」

とカナデさんは忌々しげに言う。

「やはりあなたは悪い影響をもたらすようです」

「カナデさんはどうしますか？」

「え？」

「いや、お泊まり会、参加するのかなって」

「……なるほど。その手がありましたか」

カナデさんはふと気づいたように口元に手をあてがうと、

「分かりました。私も週末のお泊まり会に参加させて貰います。ユウトくんを赤坂さんの魔の手から守り抜くために」

「大層な理由を掲げてるけど。ホントは自分も参加したいだけじゃないの？　仲間外れになるのが寂しいとか」

「そ、そんなことは」

アカネさんの推察に、たじろいだ様子を見せるカナデさん。

こうして――。

週末に僕の家でお泊まり会が開催されることになった。


『あ。もしもしユウト。おねーちゃんだけど』

「マキねえ、どうしたの」

『なんかユウトの声、久しぶりに聞いたね』

「いや昨日、学校で会ったでしょ」

『でも今日は会わなかったから。実家にいた頃は毎分毎秒いっしょにいたのに』

「まあそれを考えると久しぶりと言えるかもね」と僕は言った。「で、用件は？」

『ユウトの家にも遊びに行きたいけど、お父さんに止められてるからなー。それがなければ毎日でも入り浸ってたのに』

「だから禁止されてるんだと思うけど。……ところでマキねえ、用件はなに？」

『たまには実家に顔出しなよ。お母さんも私も寂しがってるし。知ってる？　ウサギと母

と姉は寂しいと死んじゃうんだよ』

「あれ？　もしかしてこっちの話、聞こえてない？　これ、録音したマキねえの声が一方的に流れてきているだけ？」

『ああ、用件ね。すっかり忘れてた』とマキねえは思い出したように言った。『お父さんに電話するように言われたの』

「父さんに？」

『話したいんだってさ。お父さんに代わるね』

「えっ⁉　ちょっ……まだ心の準備が……！」

『ユウト。俺だ』

「と、父さん」

『どうだ。一人暮らしは。しっかりやれてるのか』

「うん。今のところは。自炊もしてるし、バイトにも慣れてきたよ」

『堕落した生活を送ってはいないだろうな？　勉強はしているか。自由なのを良いことに連日友達と遊び呆けてはいないか』

「大丈夫だよ」

『……ん？　今、若い女の声が聞こえなかったか？』

「えっ⁉」

『それも複数聞こえた気がするが。もう夜の九時だろう。なんで そんな時間に若い女の声が家からするんだ』

　ドキリと心臓が縮まった。遅れて手のひらにじわりと汗が滲む。

『ユウト。お前まさか――女を家に連れ込んでいるんじゃないだろうな？　しかも週末の夜のこんな遅い時間に』

　スマホ越しの父さんの声が鋭さを増すのが分かった。それはまるで火山が噴火する前の不気味な静けさを想起させた。

「ち、違うよ。テレビの声が入ったんだと思う」

『……だったらいいが』

　父さんの声がより低くなる。

『もし爛れた生活を送っていたら、即座に家に連れ戻すからな。肝に銘じておけ』

「う、うん」

『話は以上だ』

　そう告げると、僕の返事を待つことなく一方的に電話が切られた。

　戦々恐々としながら、もう父さんと繋がっていないことを確認すると、台所にいた僕はリビングへと振り返った。

「ユウトくん、電話終わった？」

　賑やかさの中心――アカネさんが声を掛けてくる。

「終わりましたけど」僕は声に不満を滲ませる。「電話してるって分かってるなら、もう少し静かにしてくださいよ」

「私は止めましたが、彼女は聞き入れませんでした」

カナデさんはアカネさんを見やる。

「あたしたちが気を遣って声を絞ってるのに気づいたら、ユウトくんは申し訳ない気持ちになるんじゃないかなと思ってさ」

アカネさんが弁明するように言う。

「気を遣ったからこそ、あえて気を遣わなかったの」

「禅問答ですか」とカナデさんが呟いた。

「おかげで一人暮らしが吹き飛びかけましたよ」

アカネさんたちが泊まりに来ていることがバレようものなら、父さんは堕落した生活を送っていると判定していただろう。

「それは困る！　ユウトがこの部屋を退去すれば、うちのガスが止められた時、お風呂を借りられなくなる！」

「ほら、僕にはイブキさんの衛生面がかかってるんです」

「普通にバイトすればよくない？」

「それができたら、とっくにそうしている！　私の勤労意欲の低さを見くびるな！」

「おお……。なんかゴメン」

アカネさんは引き気味にそう言うと、話題を戻した。

「けどお父さんと電話してる時のユウトくん、凄い緊張してたね。もしかして、あんまり関係良くなかったりする？」

「別に仲が悪いわけじゃないですけど」

　僕は言った。

「父さんには昔から頭が上がらなくて……。威圧感もあるし、怖いんです。逆らったことは一度もありません」

「ふーん。ユウトくんのお父さんなら、温和そうなイメージだけど」

「僕の見た目とか雰囲気は、母親似なので」と言った。「父さんはプロレスラーとかその筋の人に間違えられがちです」

「だったら、ユウトくんが今後、そっち寄りになる可能性もあるわけだ。年重ねたら男の子は父親に似るっていうし」

「そ、それはダメです」とカナデさんが狼狽する。「今の可愛いユウトくんのまま生涯を全うしていただかないと。困ります」

「それはユウトくんじゃなくて、ユウトくんの遺伝子に言わないと」

「……かくなる上は、ユウトくんが変わり果ててしまう前にコールドスリープすることも検討する必要がありますね」

「何か物騒なこと考えてる！」

　知らないうちに冷凍保存されようとしている！

「赤坂さん、さっきから気になってたんだが。そこにある袋はいったい何だ？　君が持参してきたもののようだが。食べ物か？」

「ああ、これ？　皆で遊べるゲームを持ってきたの」

「食べ物じゃないのか……」と残念そうにするイブキさんを尻目に、アカネさんは傍らに置いていた袋の中身を取り出した。

テーブルの上に置かれたのは、派手なパッケージの箱。

「じゃーん♪」

「これは……人生ゲームですか？」

「テレビゲームだと、コントローラー二つしかないから全員できないでしょ？　これなら全員で楽しめると思って」

「なるほど。確かにルールも簡単ですもんね」

「テレビゲームをしたことはありませんが、人生ゲームであれば、子供の頃に何度か家族と遊んだ経験があります」とカナデさんが言う。

「私はないが、ルールが簡単なら問題ない」

「決まりね。せっかくだからさ、何か賭けようよ」

「賭け事は感心しませんね」

「別にお金を賭けるわけじゃないってば」

「何を賭けるんですか？」

「うーん。そうだねえ。寝床を賭けるのはどう？」

「寝床ですか？」

「この部屋には予備も含めて布団が二枚しかない。一人はソファで寝るとしても、一人は床で寝ないといけないでしょ」

「では、私が部屋から自分の布団を持ってこようか。せんべい布団だが」

「もしくは僕が床で寝ますよ」

「それじゃ面白くないじゃん」とアカネさんが言う。「劣悪な環境を賭けてゲームをする方が必死になって盛り上がると思わない？」

確かにそれは一理あるかもしれない。

お金を賭けているわけじゃないし、健全だ。

「そうですね。面白いかも」と僕は言う。

「勝負事であれば、負けるわけにはいかないな」

「白瀬（しらせ）さんは？」

「私とユウトくんが上位になれば、赤坂さんはソファか床で寝ることになります。あなたを隔離してみせます」

「言うねえ。その方が燃えるけど」

アカネさんは楽しそうに笑った。

「じゃあ、早速始めようか」

人生ゲームの勝利条件はシンプルだ。ルーレットを回して自分のコマを進め、ゴールした時に一番お金を持っていた人が勝ちという資本主義を反映させたもの。

「この場合のゴールというのはつまり、死か？」

イブキさんが尋ねてくる。

「え？　いや、どうなんでしょう。考えたことなかったかも」と僕は言う。「その辺りはふわっとしてるというか。ただ単に定年とかじゃないですか？」

「定年だとすると、その後にまだ何か起こるかもしれないだろう。下手をすると手持ちの資産が全て吹き飛ぶこともありうる」

「確かにそうですね」とカナデさんが頷いた。「それを踏まえると、人生ゲームのゴールは死と考えるのが自然かと」

「パーティゲームが急に哀愁を帯びてきた」

「だが、そう考えるとおかしくないか？」

「何がですか？」

「ゴールした時に一番お金を持っていた人が勝ちなのだろう？　しかし、死んでしまえばあの世にお金は持っていけない」

イブキさんは怪訝そうに首を傾げる。

「これでは、ゲームが成立しなくないか？」

「根本的な部分にメスを入れてきた！」

「もしかすると、このゲームは資本主義に対する皮肉なのでは……」

「絶対違うと思いますけど」

　製造元はそんなこと考えてない。

「ゲームなんだし、そんな真剣に考えなくていいでしょ」

　アカネさんが笑い飛ばすように言うと、

「順番はあたしから行かせてもらうね」

　ルーレットを指先でつまんで回した。

　軽快に回転した針は『7』の数字のところで停止する。

「7か。まずまずの出目かな」

　アカネさんは車に乗った自らのコマを動かした。

　止まったマスには、

『自販機の下に落ちていたお金を交番に届けた。お礼に五万円もらう』と所持金がプラスになる表記がされていた。

「お、幸先いいじゃん」

「自販機の下に五万円が落ちてることなんてあるか？」

「報労金として受け取れるのは五％～二十％ですから、実際に落ちていたのはもっと多額の可能性もありますね」

「私は道で見かけた自販機は片っ端から下を覗き込んでいるが、百円までしか見つけたことがないというのに。羨ましい……！」

「片っ端から覗き込まないでください」

「はい。次は白瀬さんの番ね」

「ユウトくんを守るために全力を尽くします」

カナデさんは意気込みを指先に託し、ルーレットを回す。

止まった針の先は『10』を指し示していた。コマを十マス先へと移動させる。そのマスにはこう記されていた。

『投稿した動画がバズった。広告費として二十万円もらう』

序盤では一番の当たりマスだった。

「おおー。やるじゃん」

「これもひとえにユウトくんに対する想いの力です」

「重いなあ」

胸に手を置いて応えるカナデさんに、思わず苦笑する。

次は僕の番だったのでルーレットを回すと、出目は『4』で、止まったマスでは五千円貰(もら)うことができた。出目もマスの内容もまずまずだ。

「一ノ瀬(いちのせ)さんの番だよ」

「うむ。私も皆に続こう」

イブキさんは「はっ！」という掛け声と共にルーレットを回した。勢いに呼応するように針が示したのは『8』だった。

『クラウドファンディングに投資する。一万円払う』

「クラ……なんだ？　これは」

「クラウドファンディングね。ファンの人にお願いして、資金調達するの。ほら、さっさと一万円を払った払った」

「待て！　このコマは私なのだろう？　であれば、そんなよく分からないカタカナのものにお金を支払うとは思えないぞ？」

「めっちゃ感情移入してるじゃん」

アカネさんは苦笑すると、何やら手元のスマホを操作し始めた。少ししてからその画面をイブキさんへと見せる。

「これは？」

「クラファンのサイト。色々と種類があるから。一ノ瀬さんがカンパしたいと思えるものもこの中にあるんじゃない？」

「ふむ。そうだな……この勉強する環境がない子供たちのために、海外に学校を作りたいというのは良いな。これなら払う」

「じゃあこれに払ったということで」

アカネさんはそう言うと、イブキさんの持っていた人生ゲーム内でのみ通報する小さめの一万円札を回収した。

「子供たちのためと思うと、身銭を切るのも納得できる」

イブキさんはそこでようやく自分のコマが取った行動が腑に落ちたらしい。完全に自分とコマがシンクロしてしまっている。のめり込み方が半端じゃない。

その後、ルーレットを回しているうちに就職エリアに辿り着いた。これは止まったマスの職業に就けるというものだ。

「やった。あたし、アイドルだってさ」

「私はパティシエですね」

「ふむ。アスリートか。それなら納得だ」

それぞれが順調にマスに記された職業に就いていった。

女性陣は全員職に就き、次は僕の番だった。ルーレットで出た数字の分だけコマを前に進めるとマスには職種が記されていた。

「お。ユウトくん、警察官かー」とアカネさんが感想を口にする。「公務員だね。合コンに行ったらモテるよ」

「い、行きませんよ」

「ホントに？　興味もない？」

「……ありません」

「私は行ってみたいな」

「イブキさん、合コンに興味あるんですか？」

「うむ。食事が出るのだろう？」

「花より団子ですね」

「一ノ瀬さん、大学生になったら新歓コンパを練り歩いて、ひたすらタダ飯を喰らうだけのモンスターになりそう」

　容易に想像がついた。

だけど、イブキさんの食いっぷりは見ていて気持ちがいいくらいだから、意外と皆タダ飯喰らいを許してくれそうな気もする。

「しかし、ユウトには合っているんじゃないか。警察官」

「そうですかね？」

　警察官が合ってそうと言われると、何となく悪い気はしない。真面目で正義感が強い人のイメージがあるからだろうか。

「私は反対です」

「え」

カナデさんがそう言ったものだから、僕はビックリしてしまう。反対も何もルーレットで決まったことなんだけど……。

「警察官は立派なお仕事ですが、危険が及ぶこともありますから」

「いやでも、ゲーム内の話ですし」

「このコマがユウトくんだとして、警察官として働くことを想像すると、私は心配で心配で堪らなくなるのです……！」

「うわあ！　この人も凄い感情移入してる！」

イブキさんが集中しすぎてコマとシンクロしているのだとすると、カナデさんは感受性が強すぎるが故のシンクロだ。

「それに警察官になるには百六十センチ程度の身長制限があったはずです。ユウトくんの身長では就職することはできないかと」

「ほう。足下から崩しにかかってきたな」

「警察官になるのは諦めて、別の職に就くべきです」

「白瀬さんの場合、妨害目的でもないっぽいのが厄介なんだよね。さあユウトくん、これにどう対抗する？」

「何だか急にゲームのジャンルが変わってませんか？……ちなみに警察官になるのを諦めたらどうなるんですか？」

「その場合は無職になるけど」

「えっ!?」

「そりゃそうでしょ。ユウトくんが止まったのは警察官のマスだから。それを放棄したら当然ノージョブよ」

「問題ありません。無職になろうと、ユウトくんは私が養いますから」

「職業ヒモになってしまう！」

「そもそもプレイヤー間のお金の譲渡は認めてないから。ヒモはダメ」

マズいな。このままだと無職になってしまう。それを回避するためには、カナデさんが指摘してきた身長制限の問題を解決しなければ。

「確かに現実の僕の身長は百六十センチもありませんけど！　ゲーム内の僕は二メートル以上ある大男ですから！」

「えっ」

「しかも筋骨隆々です！　首がラグビー選手くらい太いです！　でも、肩に小鳥が止まるような心優しさも持ち合わせてます！」

「な、何を言っているのですか？」

「なるほど、そう来たか。コマの設定は自由だもんね」

戸惑うカナデさんを尻目に、アカネさんは得心したように笑う。

「でもさ、筋骨隆々の下りいる？　身長だけで良くない？」

「べ、別に良いじゃないですか！　そういうのに憧れてるんだから！　ゲームの中くらいは理想の自分になりたいんです！」

僕は弁明すると、

「ちなみに、絶対無敵のバリアも使えますよ」

「小学生かよ」

「懐かしいな。私も昔、よくやったものだ。ちなみにこれは本当の話だが、かめはめ波を出せたこともある」

「こういうこと言い張る子いたわー」

そんな会話をした後。

「まあ、そもそもゲームと現実は違うから。ユウトくんが警察官になるのを阻止することはできませーん」

カナデさんの要求を退けるアカネさん。

こうして無事に職を手に入れることができた。

だけど、それはもっと早く言って欲しかった。

定職についた僕たちは更にルーレットを回す。

しばらく進んだ後、僕の人生にある転機が訪れることになった。

「おお。結婚だってさ。おめでとう」

「ありがとうございます」

結婚マスに止まったことにより、僕は結婚することになった。

皆からご祝儀を貰った後、伴侶となる女性のコマを自分の車の隣に乗せる。

「ちなみに相手はどういう子なの？」

「はい？」

「いやさっき、ユウトくんが自分のコマの設定教えてくれたでしょ？　今度は結婚相手の設定も聞かせてよ」

「そ、そんなのありませんよ……！」

「じゃあ、今考えてみてよ。理想の相手」

「絶対、僕をからかって楽しんでるだけですよね？」と僕は尋ねる。「それに他の二人は別に興味ないでしょ」

「いえ。私も気になります」

「うむ。聞いてみたいな」

「ええ……？」

思っていたより食いついてきたからたじろいだ。

そんなに興味あったの？

お泊まり会という非日常的な環境が、皆を浮き足立たせるのだろうか。

「ほら、早く言うてみ。どんな子がいいのか」

年上の女子たちに詰め寄られ、誤魔化しきれるほど僕は強くない。

結局は言われるがまま答えることに。

「……そうですね。優しい人がいいです」

「年上？　年下？」

「年上ですかね」

「胸は大きい？　大きい方が——って何言わせるんですか!?」

「ええっと、大きい方が——って何言わせるんですか!?」

「なるほど。ユウトくんの理想の相手は優しくて年上の胸が大きいお姉さんかー」

アカネさんはニヤニヤしながらそう言うと、

「あなたの思い浮かべたキャラクターはズバリ、赤坂アカネですね？」

「アキネーターみたいに言わないでください」

「待ってください。私の可能性もあると思いますが？」

「条件で言うと、私も当てはまるぞ」

カナデさんとイブキさんが口々に名乗りを上げる。

「別に特定の誰かを思い浮かべて言ったわけじゃありませんから！　ほら次はアカネさんがルーレット回す番ですよ！」

これ以上、この話題に留まっているわけにはいかない。

「あはは。照れてるねえ」

アカネさんは笑いながら、ルーレットの針を回した。出目の五マス分を進むと、彼女のコマは僕と同じ場所に止まった。

「アカネさんも結婚マスに止まりましたね」

「さっき渡したご祝儀、すぐ回収できるね」

そこで僕はふと思い立った。

「アカネさんの相手はどんな人なんですか？」

さっきの意趣返しだ。たじろがせてやる！

「そうだねえ」

アカネさんは口元に指をあてがう。んー、と少し考える素振りを見せると、猫のように目をうっすらと細めながら言った。

「年上で、身長百八十センチ以上のサッカー部のエースとかかなー」

「うっ……!?」

年上で身長が高くて運動神経抜群のイケメン――。

それは僕とはまるで対極の存在だ。

その条件を聞いた瞬間、苦いものがこみ上げてきた。

「どしたのユウトくん、顔を引きつらせちゃって」

「い、いや別に……」

「もしかして、想像して嫌な気持ちになったとか？」

「ななな、何を言うかと思えば！　全然そんなことありませんけど!?」

嘘だった。

アカネさんがサッカー部のエースのイケメンといちゃついてるのを想像すると、得体の知れないどろりとした感情が胸の中に渦巻いた。

「なんだ、残念。そういうふうに仕向けようとしたのに」

とアカネさんは笑った。

「嫉妬を抱かせてやろうってね」

――嫉妬。

ああ、そうか。今、胸に渦巻いていた感情の正体が摑めた気がする。

アカネさんが自分とは対極の男子とイチャイチャしているのを想像して、僕は嫉妬の念を募らせていたらしい。

つまりアカネさんの目論見にまんまとハマっていた。

――いや、おこがましいにも程があるだろ！　相手は上級生だぞ!?

アカネさんは華やかだし、美人だし、少し年上のサッカー部のエースみたいにキラキラした人の傍にいる方がお似合いに決まってる。

別に付き合いたいとか思ったわけじゃないし、下心があるわけでもない。

ただ、アカネさんがそういう人が好きだと口にしたのを聞いた瞬間、何やらモヤモヤとした気持ちに襲われたというだけだ。

「じゃあ、この相手はユウトくんってことにしておいてあげる」

アカネさんはそう言うと、僕に対してウインクをしてきた。その仕草を見て、自分よりもずっと大人びているように映った。

僕なんかより何枚も上手だ。完全に翻弄されてしまっている。

「晴れて私も入籍することになりました」

見ると、カナデさんもまた結婚マスに止まっていた。

「結婚ラッシュじゃん。ちなみに白瀬（しらせ）さんのお相手は？」

「ユウトくんです」

「いや、それはもうあたしが取っちゃったけど」

「いいえ。独り占めはさせません」

「んー。それだとユウトくんが同時に何人も存在することになっちゃうな」

「ならクローンということにすればどうだ？　私も赤坂さんも白瀬さんも、平等にユウトを伴侶にすることができる」

「分かりました。いいでしょう」

「急にSFの設定をぶち込んできた！」

世界観が自由すぎる。

その後もゲームは白熱しながら進行し、やがて全員がゴールした。

「さてと。じゃあ結果発表といきましょーか」

アカネさんはそう言って、各々の所持金を確認する。

「どうやらあたしが一番所持金が多いみたいだね。次点が白瀬さんか。ふふん。この勝負はあたしの勝ちということで」

「ですが、私はユウトくんと五人の子をなしました。少子化に歯止めを掛けるという意味ではもっとも社会に貢献していますが？」

「いやこれそういうルールじゃないから。ゴールした時のお金の多さだから」

「私は気づいた。皆、最後に行き着く先は同じだ。大切なのはお金ではない。道中の思い出こそが真の宝なのだと……」

イブキさんは胸に手をあて、しみじみと噛みしめるように呟く。

「だから胸を張って言える。私が一番、充実した人生を送れたと」

「順位は三位だけどね」

「ソファで寝てくださいね」

ちなみに最終的な順位はこんな感じになった。

一位↓アカネさん。二位↓カナデさん。三位イブキさん。ドベ↓僕。

序盤こそ快調だったものの、社会人になって以降、仮想通貨が暴落したり情報商材屋に騙されたりと散々な目に遭った。

人生、どこに落とし穴が待ち受けているか分からない。

そのことを人生ゲームを通して痛感させられたのだった。

人生ゲームに没頭しているうちに、夜は深まっていた。

壁に掛けられた時計の短針は夜の十時を指している。

窓の外は真っ暗だ。辺りが閑静なこともあり、部屋の中は宇宙船に乗っているかのような非日常的空間に感じられた。

白熱した戦いを終えた僕たちはお風呂に入ることに。

最初にアカネさん、次にカナデさん、そしてイブキさんと――ゲームの順位が上だった人から順に入浴することに決まった。

そうなると――最後に入るのはドベだった僕になる。

「う……何だかドキドキする……！」

皆が入った後の浴室は、いつもより良い匂いがする。

さっきまでアカネさんたちはここにいて、身体(からだ)を洗っていた。

そう考えると妙に落ち着かない。

「ダメだダメだ。変なことを考えたら……！」

頭に浮かんだ煩悩を、シャワーの水圧で洗い流そうとする。わしゃわしゃとシャンプーを掻(か)き立てていると、勢い余って泡が目に入った。

「うぎゃあ！」

痛みに思わずもんどり打ってしまう。

すると騒ぎを聞きつけ、足音が近づいてきた。

扉の磨りガラスの向こうに人影が浮かぶ。

「ユウトくん。どうかしましたか」

「カナデさん!? いや、ちょっと目に泡が入っちゃって……はは」

「それはいけません。すぐに洗い流さないと」

「だ、大丈夫！　それくらい一人でできますから！」

カナデさんが扉を開けようとするのを、僕は必死で押さえ込んだ。

今、入ってこられるのは非常にマズい。

なぜなら余裕で全裸だから。見られてしまう、あれやこれやが。

どうにか阻止しなければ——。

「——って、カナデさんの力、強すぎる！」

僕より全然強い！　この細い身体のどこにそんな力が!?　抵抗もむなしく、あっさりと扉を押し開けられてしまう。

「ユウトくん、無事ですか！」

勢いよく浴室に押し入ってきたカナデさんは、床に伸びている僕を見ると、まるで電気が走ったかのように目を大きく見開いた。

「これは……!?　いったい何があったのですか……!?」

「カナデさんに吹き飛ばされたんですよ！　力強すぎますから！」

「浴室から声が聞こえた瞬間、ユウトくんに何かあったのではと心配になりまして。脳のリミッターを解除しました」

「それ意図的に外せる人いるんだ!?」

バトル漫画の登場人物みたいな所業！

パジャマに身を包んだカナデさんは言った。

「目にシャンプーが入ると、最悪失明の可能性もあります。危険ですから、私が代わりに身体を洗って差し上げます」

「ちょっ……ええ!?　いつの間にかもう座らされてる!?」

気づいた時には、お風呂椅子に座らされていた！

脳のリミッターを外しているカナデさんの力からは逃れられない。

「では――始めます」

カナデさんはボディソープを手のひらで泡立てると、僕の背中に触れた。

「ふあっ」

手のひらが吸い付くように皮膚に触れると、反射的に声が漏れた。

「ちょっ！　待ってください！　なんで手洗いなんですか!?　そこにスポンジありますよね!?」

「確認しましたが、少し質感が硬かったので。肌を傷つけかねないと判断しました。私が手洗いした方が安全です」

精神的には全然安全じゃないんだけど！

ボディーソープを泡立てたカナデさんの手のひらが、僕の背中の上を滑っていく。皮膚と皮膚が触れ合って、とろけてしまいそうなほど気持ちがいい。

その時だった。

「――んん!?」

僕の胸部を洗おうと、カナデさんが後ろから両腕を回してきた。その分、お互いの身体がぎゅっと密着する形になる。

背中にむにゅっと柔らかいものが押しつけられる。あれっ？　これは……と振り返った僕は思わず目を疑った。

「カナデさん！　どうしてバスタオル姿なんですか!?　さっき浴室に駆け込んできた時はちゃんとパジャマを着てたのに！」

「洗う時に泡がつきそうだったので、先ほど脱ぎました」

「脱いだ理由は全うだけど、この状況で脱ぐのは全うじゃない！」

僕はカナデさんに胸を押しつけられた状態で、胸部から腰、太ももに至るまでを丁寧に手のひらで洗われる。

羽ぼうきのようにくすぐったくて、身もだえしそうになる。

胸の内でバクバクと暴れる心臓の音を悟られてはいないだろうか。

その時だった。

ぬるり、と。

僕の腰に巻いていたタオルの内側に、カナデさんの手が滑り込んできた。触手のように侵食してきたそれに、反射的に身を退いた。

「うええ!? どこ触ってるんですか!?」

「この箇所はまだ洗っていなかったものですから」

カナデさんは平然とした表情をしている。

「? 何か問題が?」

「大ありですよ! むしろ問題しかないです!」

「ですが、洗い残しがあってはいけません。隅々まで洗わないと」

「そもそもどうしてそんなに執拗に洗おうとするんですか!?」

「考えてみてください。自分のお気に入りのぬいぐるみがあったとします。それに汚れが付着していたら嫌ですよね?」

「まあ確かに。洗濯したくなりますね」

「それと同じです。ユウトくんはとても可愛らしいです。そんな愛らしいユウトくんが汚れたままでいるのは許せません」

「お気に入りのぬいぐるみと同列に見られてた!」

「さあ。洗濯を再開しましょう」

　カナデさんは手術をする前のお医者さんのように両手を胸の前に掲げる。

「汚れ一つなく、綺麗にしてあげます」

「うひゃあああ!?」

　脳のリミッターを外したカナデさんに抵抗することはできず——僕は全身を余すところなく綺麗にされてしまうのだった。


　お風呂上がり。

　リビングに戻った僕にアカネさんが声を掛けてくる。

「おかえりー。遅かったね」

　そこでふと、違和感を抱いたようだ。

「あれ？　何か肌がつやつやしてない？」

「まあ、ちょっと色々あって……」

「白瀬さんは満足そうな顔してるし」

「至福の時間を過ごせました」

「ふーん。よく分かんないけど。それよりもう布団敷いてるから」

　リビングには僕の布団と、押し入れにしまっていた来客用の布団が敷かれていた。部屋にはこの二枚しかない。

「ドベの僕は床で雑魚寝かあ」

「あたしの布団にいっしょに入ればいいじゃん」とアカネさんが言った。「それなら床で寝なくても済むよ」

「申し出はありがたいですけど、ゲームで決めたことですし。僕が布団に入ったら三位のイブキさんが納得しませんよ」

三位のイブキさんはソファで寝ることになっていた。なのにドベの僕がぬくぬくと布団で寝るのは腑に落ちないだろう。

「納得しないも何も、当人はもう寝ちゃってるけど」

「え」

アカネさんの指した指の先を見ると、パジャマ代わりの学校のジャージを着たイブキさんはソファでお腹を出しながらくかーと寝息を立てていた。

「よっぽど寝心地が良かったんだろうね。いつもせんべい布団で寝てるらしいから。横になってからすぐだったよ」

「めちゃくちゃ幸せそうな寝顔だ……。良い夢見てるんだろうなあ」

「あたしと白瀬さんは、どっちも布団で寝る組でしょ。なら、ユウトくんが布団で寝ようと不公平は起きない」

アカネさんはそう言うと、更に続けた。

「それに明日、バイト入ってるんでしょ？　床で寝て身体を痛めでもしたら、仕事に支障が出かねないし」

「うーん。そう言われると確かに」

バイト先に迷惑は掛けられない。

お金を貰う以上、パフォーマンスを発揮するためにも、ベストなコンディションで仕事に臨むというのが僕の流儀だった。

「分かりました。お言葉に甘えて、床で寝るのは控えることにします」

アカネさんの申し出を受けることに。

「それなら私の布団に入ってください」

「こらこら。あたしが一位で、白瀬さんは二位だったでしょ？　ドベのユウトくんの人権はトップのあたしのものだから」

「赤坂さんは素行不良の生徒です。何をされるか分かりません。なのでユウトくんの人権は私が所有するべきです」

「どっちにも人権は渡すつもりありませんから！　争わないでください！」

結局、僕は隣り合わせに敷かれたアカネさんとカナデさんの布団、そのちょうど真ん中のところで寝ることになった。

電気を豆電球に切り替えると、部屋の表情が変わった。いつも一人で寝ているのに、今日は両脇に上級生の女子たちがいる。落ち着かない。

「ねえユウトくん、好きな女の子とかいるの？」

アカネさんが尋ねてきた。

「な、何ですか急に」

「お泊まり会の醍醐味と言えば恋バナでしょ。で、どうなの？　クラスに気になる女の子は出来たりした？」

「出来てたとしても、答えたくないです」と僕は捻くれてみせる。「そういうアカネさんはどうなんですか」

「ん？」

「好きな人、いるんですか？」

「ユウトくんが好きだけど」

「私もユウトくんが好きです」

「それはもう答えてないのと同じでしょ」

アカネさんやカナデさんが僕に言う好きは、異性に対してのものじゃなく、弟やペットに対して言う好きだ。

「そっかー。好きな女の子がいるかは答えたくないか。じゃあ、質問を変えよう。今までにキスしたことはある？」

「あんまり性質は変わってないような……」

むしろより踏み込んできている気がする。

「……まあ、ありませんけど」

僕がぼそりと吐き捨てるように呟いた時だった。

『あるでしょ』

心のカーテンを引っぺがすかのように明朗な声が響いた。

それはアカネさんの声でも、カナデさんの声でもなかった。生まれてから僕が一番身近で聞いてきた人の声だった。

「あれ!? マキねえ!?」

マキねえの声は、アカネさんの枕元に立てかけられたスマホからした。その画面の中には姉の姿が映し出されている。

『お泊まり会は父さんの目があって参加できないから。アカネにお願いしてテレビ通話を繋（つな）げて貰いましたー』

画面の向こうでマキねえがダブルピースをカニみたいに動かしている。

マキねえは父さんに僕の家に通うことを止められていた。だからリモートでお泊まり会に参加しようとしたらしい。

まさかこんな飛び道具を使ってくるとは……！

『さっきのキスの話だけど。したことあるでしょ。お姉ちゃんにもしたし、海外の金髪美女たちにもしてたじゃない』

「へー。ユウトくん、無垢（むく）そうに見えて意外とチャラいところもあるんだね。こりゃちょっと見方が変わるなあ」

「……ショックです」

「いやいや！　違いますよ！　僕は全然チャラくないです！　マキねえがそう取れるように偏向報道したんです！」

「ほほう。というと？」

「確かにマキねえや外国の人たちとキスしたことはありますよ。だけどそれはほっぺたとかおでことかにする、スキンシップとしてのものだし。向こうが先にしてきたから、そのお返しにしただけですし。第一、まだ幼稚園くらいの頃の話ですから」

『あの頃のユウトはモテモテだったよね。道を歩くだけで黄色い声が上がってたし。女性は皆メロメロになってたもん』

「マキねえ、そのモテ方はパンダの赤ちゃんと同じだから」

異性としてモテてるとかそういうことじゃない。

愛玩する対象として可愛がられているというだけだ。

「だからキスしたことはありますけど、それは子供の頃にしたもので、お互い異性として意識してのものじゃありませんし。アカネさんが訊いてきたのは、好きになった相手との話だと思ったから。それで言うとないです」

「……ユウトくんはおでこやほっぺたにキスをしたことがあると言っていましたが。唇にしたことはありますか？」

「え？　ありませんけど」

「……そうですか。安心しました」

「白瀬さん、何が気になったわけ」

「おでこやほっぺたにキスをするのは、まだ軽い気持ちでもできますが。唇にキスするのは本気という感じがしますから」

「あー。確かにそうかも。何となく分かる」

アカネさんは同意の相づちを打つ。

「可愛い動物がいて、おでことかほっぺにキスすることはできても、唇にキスするとなるとさすがに抵抗あるもんね」

「どういうことですか？」と僕は尋ねる。

「唇にキスする相手は、特別な相手ってこと」とアカネさんが答える。「異性として意識してないとしないでしょ」

言葉を紡いでいるアカネさんの唇に、僕の視線が留まる。

淡い桜色をしたそれは、ふっくらと柔らかそうだ。近そうで、でも遠い。見ている人を惑わせるような艶があった。

――アカネさんは誰かとキスしたことはあるのかな。

ふと自然に浮かんだ疑問に、僕自身が驚いた。

何を気にしてるんだ僕は……！　別にアカネさんが誰かとキスしたことがあろうとなかろうとどっちでもいいじゃないか。

だけど、アカネさんが誰かとキスしてる姿を思い浮かべてみると、胸の中にもやもやとした分厚い雲が掛かった気がした。

思い切って訊いてみようか？　でも意識してると思われたら恥ずかしいし。第一まともに答えてくれるとも思えない。

さっきアカネさんは軽い調子で僕に同じ質問を投げかけてきた。それができるのは僕のことを全然意識してないからだろう。

アカネさんとカナデさんは僕のことを好きって言ってくれたけれど、異性として好きな相手にはあんなふうに言えない。

友達の弟。それが僕たちの関係性。

アカネさんたちが僕を見る目はきっと、パンダの赤ちゃんや子猫に対してのものと性質は変わらない。

別に異性として意識して欲しいとは思わない。

今の距離感くらいが心地よいものだから。

だけど、意識されずに悔しいと思うのも事実だった。

「さあさあ、夜はまだこれからだよ。語り明かそう」

——まあでも、アカネさんやカナデさんが僕を異性として意識してたら、こんなふうにお泊まり会もできないだろうな。

その日の夜は、とりとめもない話で語り合った。

朝が来た時には、昨日何を話していたかなんてまるで覚えていない、ただ楽しかったという気持ちだけしか残らないような、生産性とは程遠い時間。

だけど、それは年月が経ってても決して色あせない、とても大切なものに思えた。

第五章　僕とアカネさん

When I started to live alone,
my sister's friends started to stay at my house.

非日常的な時間が終わると、元の日常が戻ってくる。

お泊まり会が終わった後の週明け。僕はいつものようにバイトに出勤していた。それが終わると同じシフトだったアカネさんと共に店を出る。

徐々に夜は長くなり、夏の気配が混じり始めていた。

「ユウトくんもだいぶ、仕事に慣れてきたみたいだね」

「そうですか？」

「あたしがいなくても、もう一通りのことはこなせるようになったし。宅配便の出し方もタバコの銘柄もバッチリだったじゃん」

「ありがとうございます」

「メモ取ったり、居残ったりして頑張ってたもんねえ。店長も褒めてたよ。ユウトくんは真面目で覚えが早いって」

「えへへ」

褒められるとやっぱり嬉しい。頑張って良かったなと思う。

「もうすぐ研修期間も終わるし、そしたら一人前だね」

「やっと名札の若葉マークも外せます」

「それ外したかったんだ？　あたしだったらずっと付けときたいけど。ミスしても研修中ってことでお客さんに大目に見てもらえそうだし」

「よくそんな悪知恵が回りますね……」

「ふふん。あたしはずる賢いからね。貰ってる時給以上には働きたくないし、なるだけ楽をしながら生きていきたいのだよ」

「どや顔で言われても……。ある意味、一本芯は通ってるのかもしれませんけど。店長が今のを聞いたら悲しみますよ」

　そんな会話をしながら外灯に照らされた夜道を歩いていた時だ。僕たちの目の前に飛び込んできた光景に思わず足を止めた。

　大学生くらいの男女が何やら揉めていた。

　髪を茶色に染めたチャラそうな男の人が、女の人の腕を掴んでいる。

「もう、放してよ！」

「いいじゃんかよ、少し付き合うくらい。奢るって言ってるんだから。それにそっちも実はその気なんだろ？」

「ちょっ……！　嫌だってば！」

　ナンパだろうか？　確かこの辺りは大学の学生街だって聞いたこともあるし、この二人は学生さんかもしれない。

　とにかく女の人の方が嫌がっているのは間違いない。

チャラい茶髪の男は、強引に女の人を連れて行こうとしていた。彼女は身をよじって逃れようとしているけれど、腕を掴まれているから離れられない。

このままだと、連れて行かれてしまう。

「ユウトくん、何するつもり？」

「あの人を助けないと」

「やめときなよ。関わらない方がいいって。絶対面倒なことになるから」

アカネさんは僕を制止しようとする。

「だけど……」

「大丈夫だって。あたしたちが行かなくても、誰かが何とかしてくれるから」

誰か。

僕たち以外にも通行人はいたけれど、二人が揉めているのに気づいても、一瞥するだけですぐに過ぎ去ってしまった。

見えていないわけがない。

見えているけれど、見えていないフリをしているんだ。

そうしたくてしているわけじゃないと思う。見捨てたわけでもない。

ただ皆、心の中で同じことを考えているだけだ。

自分じゃない誰かがきっと、何とかしてくれるだろうって。

だけど、誰かって誰のことだ？　少なくともこの場にはその「誰か」はいない。僕も含めてただの傍観者たちがいるだけだ。

「警察に通報して、後のことは任せよう」

「悠長に待ってる時間ないですよ！　その間に連れて行かれちゃうかもしれないし！　今すぐに助けに行かないと！」

「ちょっ……！　ユウトくん!?」

気づけば、僕は地面を蹴って走り出していた。

誰かが助けないといけない。

だけど周りの人たちは皆、我関せずを決め込んでいる。

なら、僕がその「誰か」になるしかない！

そんな衝動に背中を押されるようにして走る。

頼るだけじゃなくて、頼られる人になりたい。誰かに助けられるだけじゃなくて、誰かを助けられる人になりたい。

ここで見て見ぬ振りをして逃げてしまえば、今までの僕と変わらない。

「待てよ！　その人、嫌がってるだろ！」

大気を震わせる声の塊をぶつけると、チャラい茶髪の男が振り返った。突っかかってきた僕を見下ろしながら、怪訝そうな表情を浮かべている。

「なんだお前？　中学生がこんな時間にうろつくなよ」

「中学……!?　失礼な！　僕は高校生だ！」

「全然見えねー。けど、どっちにしても年下じゃねえか。俺は大学生だぞ？　目上の相手にタメ口使ってんじゃねえ」

「す、すみません……！——じゃなかった！　何怯んでるんだ僕は！　だけどいきなりタメ口を使ったのは確かに良くなかった！　いくら見過ごせないことをしていても、初対面の人には丁寧に接しないと……！」

反省してから、今度はちゃんと敬語で言い直した。

「その人、嫌がってるじゃないですか！　放してあげてください！」

僕が止めに入ってきたことに気づくと、不安と恐怖に満たされていた女の人の目にほんの少しだけ安堵の色が浮かぶのが分かった。

誰も助けに来てくれないと絶望していたのだろう。

もしそうなら、これだけでもう僕が助けに入った意味はあったなと思う。

「別にお前には関係ねえだろ。これは俺たちの問題だ。干渉してくんじゃねえ。鬱陶しいからさっさと消えろ」

「消えません。あなたがいなくなってください。その人を置いて一人で」

「……あんまり調子に乗ってんじゃねえぞ。おい」

チャラい男の口調は、怒気を孕んでいた。真っ向から見下ろされ、凄まれる。場の空気はピアノ線のようにぴんと張り詰めていた。

め、めちゃくちゃ怖い……！

　二十センチくらい身長差があるし、相手はこういう場に慣れてるような佇まい。対して僕は生まれてこの方、一度も殴り合いの喧嘩をしたことがない。もしも肉弾戦になれば一分もしないうちに伸されるだろう。何なら十秒も必要ないかもしれない。ＲＴＡ並みの圧倒的なスピード感での敗北をお見せしてしまう。

　とは言え、尻尾を巻いて逃げるわけにはいかない。

　臨戦態勢に入る僕。一触即発の状況。

　すると、その間に割り込んでくる声があった。

「いやー。お取り込みのところ、すみませーん」

「アカネさん……!?」

　アカネさんはへらへらとした笑みを浮かべていた。

「あん？　誰だあんた」

「あはは。あたしの後輩がお騒がせしちゃったみたいで。向こう見ずなんですよ。世の中のことを知らないっていうか。ホント困っちゃいますよねー。だからここは一つ、若気の至りってことで勘弁して貰えないですかねー？」

　しなだれかかるような媚びた声と共に、両手で拝むアカネさん。

　それを聞いたチャラい男はふんと鼻を鳴らした。

「そういうわけにはいかねえな。一度振り上げちまった拳は、どこかにぶつけるまで下ろすことはできねえからよ」

「うわ。手垢のついたセリフ」

「あ？」

「おっと。つい口が滑った」

アカネさんは慌てて口元を手で覆う。

チャラい男はアカネさんの全身を睥睨すると、ふんと鼻を鳴らす。

「まあ、あんたが俺と遊んでくれるなら考えないでもないけどな」

「はい？」

「見た目、結構タイプなんだよ」

「いやいや、あたし、女子高生なんですけど。それはマズいでしょ、条例的に」

「条例なんて気にすんなよ。俺がルールだ。ほら、行こうぜ」

そう言って、男がアカネさんの腕を強引に摑んだ瞬間だった。

ふわりと。

男の身体は宙に浮いていた。

アカネさんが腕を摑もうとした男の腕を逆に摑むと、その勢いのままアスファルトの上に投げ飛ばしたのだった。

「ぐあぁっ!? なんだこの女、つ、つええ……！」

「喧嘩はしたことないけど、自衛の手段くらいは心得てるんで。あ、言っとくけどこれは正当防衛だから♪」

アカネさんを見上げる男の目に、強い敵意が過った。

「こ、こいつ……！」

不意打ちは成功したものの、アカネさんとの間には明らかな体格差がある。真っ向から対峙するとなると分が悪い。

僕が守らないと……！　割って入ろうと決めた時だった。

「こらそこ！　何をしている！」

遠くから駆け寄ってくる制服姿の影。

「げっ！　警官だ……！　くそっ！　誰か通報しやがったな！　マズい！　職質される前にここから離れないと……！」

警官がやってきたことに気づくと、マズいと思ったのだろう、男はバネのように起き上がってその場から逃げ出した。

男がいなくなり、場が落ち着くと、アカネさんが言った。

「さっきあたしが通報したから。それ聞いて来てくれたんだと思う。この近くのところに交番があるからね」

「そうだったんですか……」

「けど、いきなり突っ走っていくからビックリしたよ。絶対面倒なことになるし、勝ち目がないのも分かってたでしょ」

「はい……すみません。だけど、どうしても見過ごせなかったんです。そう思ったら自然と身体が動いてて……」

「ユウトくんは子供だなー。別に自分が得するわけでもないのに。それでもし怪我でもさせられたらどうすんの」

「おっしゃる通りです……」

「だけど、そのまっすぐさはちょっと羨ましい」

「え？」

「自分の気持ちに正直ってことでしょ。損とか得とかを考えてない、そういう純粋な心はあたしにはないものだから」

「……あの、アカネさんは男の人を投げ飛ばせるほど強いのに、自分が助けに行こうとは思わなかったんですか？」

そう言ったところで僕は訂正する。

「あ、別に責めてるわけじゃないです。ただ単に気になっただけで」

「だって、助けに入っても得しないし。絡まれて絶対面倒なことになるじゃん。あたしが行かなくても、誰かが行ってくれるかもしれないし。となると、わざわざ外れクジを自分から引きに行く理由はなくない？　要するにあたしは大人なんだよ」

あの時、周りにいた我関せずの通行人たちは皆、大人だった。助けてあげたいとは全員が思っていたことだろう。けれど、実行に移すことを考えると、揉めるのは確実だし面倒なことになりそうだからと尻込みしてしまった。

それに他の誰かが助けに入ってくれるかもしれない。だったら、わざわざ自分がリスクを負ってまで助けなくてもいい。そう言い聞かせて、結論づけた。

僕だけが子供だった。何も考えず、ただ走り出していた。結果的には事を収めることができたけれど、それはアカネさんが手を打ってくれたおかげだ。一歩でも間違えていたら僕だけじゃなくアカネさんの身も危なかった。

「まあでも、何だかんだと理由を並べてはみたものの、本当はきっとそうじゃない。ただ怖かったんだろうね」

アカネさんはふっと炭酸が抜けるように気のない笑みを浮かべる。それは自分に対して向けられた自嘲に見えた。

「あたしはユウトくんよりずっと、臆病なんだよ」

どこか遠くを見つめるアカネさんの言葉は、今この瞬間だけじゃない、もっと広い時間も含めて想っているようだった。

月の青白い光が、彼女の横顔を照らしていた。

僕は何も声を掛けることができずにいた。

アカネさんと別れてアパートの前まで戻ってきた。

外から見る二階の自室の窓には、明かりはついていない。

実家と違って一人暮らしだから家に帰っても誰もいないし、マキねえや母さんの出迎え

の声も当然ながらない。

最初こそ寂しくもあったけれど、それももう慣れた。

古びた階段を上って、二階の廊下に出た時だ。

「おお！　ユウト、帰ったか！　待ちわびたぞ！」

ジャージ姿のイブキさんが僕の部屋の前で正座していた。

「わっ。イブキさん、どうしてこんなところで正座を？」

「バイト終わりにお弁当を持ち帰ってきてくれると言っていたからな。帰ってくるのを今か今かと首を長くして待っていたんだ」

「ええ……？　いつから待ってたんですか？」

「ユウトがバイトに行ってからすぐだが」

「五時間近くも廊下で正座してたんですか!?」

「ふふん。私にとってそれくらいは大した苦じゃない。それに――大変な思いをした後に食べるご飯の方が美味(おい)しいからな」

「その気合いがあるならバイトすればいいのに」

「労働は苦どころか、毒だ。死んでしまう」

「働くくらいなら貧窮を選ぶという固い覚悟を感じる……！　取りあえずお弁当はきちんと貰(もら)ってきましたから」

「ありがとう！　私の胃袋はすっかりユウトに握られているな！　はは！」

「笑い事じゃありませんよ……」

「それとお風呂を借りてもいいだろうか。水道が止まってしまってな。シャワーから一滴も水が出なくなってしまった」

「生活が綱渡りすぎませんか!?……まあ、お風呂は貸してあげますから。取りあえず上がってください」

「恩に着る！　やはり持つべき者は心優しい後輩だなあ」

「調子いいなあ……って、あれ？　どうしたんですか？」

家に入ろうとしたけれど、イブキさんはついてこない。部屋の前の廊下に正座したまま岩のように固まっていた。

「あ、足が痺（しび）れてしまった……！　手を貸して欲しい」

「この人、ホントに先輩なのかな……？」

僕はイブキさんが起き上がれるように手を貸してあげる。

部屋に戻ってくると、壁のスイッチを押して明かりをつけた。背負っていたリュックと手に持っていたレジ袋をテーブルの上に置いた。

レジ袋には廃棄する予定だったお弁当が二つ重なって入っている。

「さて、晩ご飯にしようかな。自炊したいけど、冷蔵庫に食材もなかったし。今日は僕もコンビニのお弁当を食べるか」

大きく伸びをしながら、あ、そうだ、とイブキさんの方を振り返る。

「お弁当は温めますか？」

「ぜひに！」

凄い食い気味に返事が返ってきた。よほど温めたかったのだろうか。普段は冷めたものばかり食べているからかもしれない。

「ああ……私のお弁当が温められている……！　良い匂いがしてきたぞ……！　待っている時間がもどかしい……！」

電子レンジの中でぐるぐると回るコンビニ弁当を、イブキさんはエサをおあずけされた犬のように正座しながら見つめていた。

ピーンポーン。

僕がお風呂を沸かすスイッチを入れた時、来客を告げるインターホンが部屋の中に鳴り響いた。

こんな時間に誰だろう？　外の様子を見られるモニターを覗き込む。

「うわあ!?」

――目だった。

どアップになった目がモニターに映し出されていた。ホラー映画のような演出に僕は腰を抜かしそうになる。

少しすると、被写体が離れた。その人が誰なのかが見える。僕は玄関を開けると、扉の向こうに声を掛けた。

「カナデさん。どうしたんですかこんな時間に。……というか、なんであんなにどアップに映ってたんですか」

「ユウトくんと早く会いたくて、前のめりになってしまいました」

制服姿のカナデさんは涼しげな表情で言うと、密閉された容器を差し出してきた。

「これは？」

「私が家で作ってきた肉じゃがです。そろそろ冷蔵庫から食材がなくなる頃かと思ったので」

「うわあ。ありがとうございます。だけど、よく分かりましたね」

「ユウトくんの家の台所事情は、ユウトくん以上に把握していますから。一週間分のお裾分けを持ってきました」

「凄い量！　よくこんなに持ってこられましたね!?　お裾分けしすぎてノースリーブになってません？」

「問題ありません。……あの、誰か家に来ているのですか？」

カナデさんの視線は、玄関口へと向けられていた。僕の靴以外にもう一つ、靴底のすり減ったスニーカーが置かれている。

「え？　ああ、イブキさんが来てるんです。お風呂を貸して欲しいからって。今から夕食もいっしょに食べることになってます」

「なるほど。では私もご相伴に預からせてください。ユウトくんが食べている姿をこの目にしかと焼き付けたいので」

「あんまりじっと見られると食べにくいんで止めて欲しいですけど……。上がっていくのは全然どうぞ」

「では、おじゃまします」

カナデさんを引き連れてリビングに戻ると、ちょうどお弁当を温め終わった電子レンジがチン♪と鳴ったところだった。

熱々の弁当の容器を「あちあち……」と指先で摘まんで持っていたイブキさんは、僕の後ろにいるカナデさんの姿に気づくと、

「おお、白瀬さんじゃないか」

と声を掛けた。

「……こんばんは」

カナデさんはそう返すと、僕の方を向いた。

「レンジも空いたことですし、肉じゃが、温めますね」

「あ。今日は貰ってきたコンビニ弁当がありますから。カナデさんのお裾分けは明日以降にいただこうかなと」

「コンビニのお弁当では栄養が偏ってしまいます」

「今のコンビニ弁当は結構栄養バランスも考えられてるみたいですよ。ほら、これなんか野菜も結構入ってますし」

「私は、私の手料理を食べるユウトくんの姿が見たいです」

「あ、そっちが本音なんですね」

「それに一ノ瀬さんはお腹を空かせているのでしょう？　ユウトくんが私の手料理を食べれば彼女はお弁当を二つ食べられますよ」

「白瀬さん、それは素晴らしい提案だ……！」

　とイブキさんは目を輝かせる。

「ユウト！　弁当は私に任せて、君は彼女の手料理を食べてくれ！」

「まあ、その方がイブキさんはいっぱい食べられますもんね。分かりました。じゃあそうさせてもらいます」

「決まりですね。肉じゃが、温めてきます」

　カナデさんが肉じゃがの詰められた容器を手に台所に向かう。鍋で温めている音が部屋に聞こえていた。

「ん～っ！　美味しい……！」

　イブキさんはその間、弁当に舌鼓を打っていた。

　本当に美味しそうに食べるなあ。

　見ている僕もお腹が空いてくる。

「ユウトくん、お待たせしました」

　温めた肉じゃがを、お皿に盛り付けて運んできてくれる。

「いただきますっ」

感謝を込めて手を合わせると、箸で掴んだジャガイモを口に入れる。

熱々で、ほくほくだ。それでいて煮崩れしていない。醤油ダシが芯まで染み込んでいてとてもおいしかった。

「……きゅん」

カナデさんは僕の食べる姿をうっとりとした表情で眺めている。

「ユウトくんが私の手料理を食べる姿、とても愛おしいです。胸がきゅんとして、とても幸せな気持ちになります」

「よく分からないけど、喜んで貰えたなら良かったです」

「ずっと見ていても飽きないです。もし私が無人島に一つだけ持っていくなら、調理器具とユウトくんにします」

「それだと、二つ持っていってるじゃないですか。あと僕、巻き込まれてるし。こっちにも拒否権をください」

カナデさんの一存で有無を言わせず無人島に連れて行かれるの怖すぎる。行くにしてもせめて自分の意思で行きたい。

「できることなら、ユウトくんの一挙手一投足を四六時中観察していたいのですが。私の家はここではないのでそれは叶いません。そこで一つ考えたのですが。ユウトくんの家にカメラを置かせていただけないでしょうか」

「え？　どういうことですか？」

「私がよく見ている動画で、ハムスターのケージの中を二十四時間ライブ配信しているというのがあるのですが。その要領でユウトくんの部屋を常時配信して欲しいんです。そうすれば今何をしているか、私のスマホで確認できますから」

「絶対嫌ですよ！　こっちにもプライバシーがありますから！　常に見られてると思うと落ち着きませんし！」

「一人暮らしの寂しさも紛れるかと思います。カメラの向こうにはいつも私の目があって繋がっていますから」

「それは繋がりじゃなくて一方的な監視でしょ！　こっちの行動が常に筒抜けになるのは怖すぎますから！」

「心配なさらなくても、さすがにトイレに付けたりはしません。リビングとお風呂と寝床に付けるだけです」

「それでも充分付けすぎですから！　もはや囚人じゃないですか！」

僕がそう抗議すると、カナデさんは言った。

「ユウトくんの可愛い姿を見ていたいというのもありますが、同じくらい何かあったらと思うと心配なのです。倒れてしまっても、一人暮らしだから誰にも気づかれません。私の目があればそれを防ぐことができます」

「カメラを付けたら、見られてるストレスで倒れると思います」

「本当は家だけじゃなく、ずっと傍で見守り続けたいのですが……。アルバイトから家に帰るまでの夜道も危険なので」

「心配しすぎですよ。それに帰りは僕一人じゃないですし。今日もアカネさんが家の近くまで送ってくれましたから」

「……赤坂さんがいっしょだったのですか？」

「？　そうですけど」

僕がそう言うと、カナデさんは表情を曇らせる。

「あの、僕、何か変なこと言いましたか？」

「……いえ。彼女は今日、学校を休んでいたものですから」

「え。アカネさん、休んでたんですか？」

「はい。学校に連絡もなく、無断欠席だったようです」

そうだったんだ。全然知らなかった。

「アルバイトには出勤していたということは、体調不良ではないようですね。ということは恐らくサボりなのでしょう」

「全く気づかなかったです」

「私は一応、同じクラスですから。ユウトくんは学年も違いますし。気づかないのもムリはありません」

「でもどうしてサボったんでしょう？」

チャラい男を返り討ちにしたのを見ても、アカネさんの体調は万全だった。話していてもいつもどおり何も変わらないように思えた。

「さあ。彼女は授業もちょくちょくサボっていましたから。遅刻も多かったですし。何か特別な理由があるわけではないと思います。登校するのが面倒になったとか、大方そんなところではないでしょうか」

「容易に想像がつきますね」

カナデさんは小さく頷く（うなず）と、

「ただ、遅刻や授業をサボることはあっても、学校自体をサボるというのは私の知る限りでは初めてでしたから。もしかすると、登校するのが面倒になったこと以外に何か理由があるのかもしれません」

アカネさんが学校を無断欠席した理由……。

まあ普通に考えると単なるサボりだろう。

アカネさんのことだし、今日は面倒だから行くのをやめたとかが自然な気がする。

けれど、カナデさんの言葉が気になった。

遅刻したり授業をサボることはあっても、学校自体を無断欠席することは今までになかったという。

もしかすると、何か別の理由があったりするのかもしれない。

けれど、本人がいない以上、ここであれこれと推測しても答えは出ない。

今度学校で会った時か、バイトのシフトがいっしょだった時にでも、それとなく探りを入れてみてもいいかもしれない。

数日後のコンビニバイトのシフト。

僕はお客さんのいない暇な時間を見計らってアカネさんに尋ねてみた。

「アカネさん、前に大学生のチャラい人と一悶着(ひともんちゃく)あったじゃないですか。あの日、学校を無断欠席してたって聞きましたけど」

「え。てか、なんで知ってるの?」

「カナデさんに教えてもらいました」

「あーそっか。なるほどね。あの子は同じクラスだから知ってるか」

「無断欠席してた日も、バイトには普通に出勤してましたよね?」

僕がそう尋ねると、アカネさんはそっと耳打ちしてくる。

「ユウトくんにだけ教えてあげるけど。あたし、実は双子の妹がいるんだよね。見た目も性格もうり二つの。その日は体調不良のあたしの代わりに、その子が出勤してたの」

「いや初めて聞いた話なんですけど。アカネさんに双子の妹がいるなんて。……ちなみに名前は何て言うんですか?」

「赤坂アカネらない」

「そんなものまね芸人みたいな名前の妹がいるわけないでしょ」

「あはは。さすがに引っかからないか。ユウトくんは純粋な子だから、もしかしたら信じてくれるかなと思ったんだけど」

「サンタクロースは信じても、それは信じないです」

僕がそう言うと、アカネさんは笑みを浮かべた。

「ご明察。あの日のあたしは、間違いなくあたしだよ」

「バイトに出てたってことは、体調不良とかじゃないんですよね？　絡んできた男の人を返り討ちにしてたし。なんで休んでたんですか？」

「あの日は朝から良い天気だったから。登校してる途中にふと思ったんだよね。こんな良い日に学校行ってる場合じゃないなって。だからそのままサボることにしたの。気の向くまま色んなところを散歩しながらのんびり過ごした。以上。おしまい」

アカネさんはそこまで語り終えると、僕の方を見ながら、

「いかにもあたしらしいって感じがするでしょ」

「まあそうですね。アカネさん、気分屋なところがありますし。だけど、学校をサボるのはマズいでしょ。ただでさえ遅刻や授業のサボりをしてるのに、無断欠席まで加わったら最悪留年することになっちゃいますよ」

「あはは。友達の弟から説教されちゃった」とアカネさんは笑う。「その時はユウトくんに宿題を見せて貰おうっと」

「留年してまでその意気込みだと、最悪後輩になりますよ」

けたけたと楽しそうに笑うアカネさんに、僕はふと尋ねていた。

「……あの、本当にそれだけですか？」

「ん？」

「アカネさんが学校をサボった理由」

「言ったじゃん。良い天気だったから行くのが面倒になっただけだって。あたしの性格的にも不思議じゃないでしょ」

「そうかもしれません。その日、学校を無断欠席した理由については分かりました。天気が良かったからだって」

だけど、と僕は言った。


「三日間もですか？」


そう尋ねると、アカネさんの表情が固まった。

「……何言ってるの？」

「アカネさん、ここ数日はずっと学校に来てませんよね。出席してるかどうか教室に見に行ったけどいませんでしたから。それにカナデさんの証言もあります。朝のホームルームから放課後になるまで、一度も姿を見せなかったって」

今日もまたそうだった。

アカネさんのクラスに様子を見に行ったけれど、アカネさんの姿はなかった。座る人のいない机は冷たく佇んでいた。

体調不良かと思った。熱が出て、長引いたのもしれないと。

けれど、バイトのシフトにはちゃんと出てきていた。

「あの日は天気が良いからサボったって言ってましたよね。だけど、一昨日は曇り、昨日は雨が降ってましたよ」

「……部活だったら、雨降ってたら休みになるでしょ？」

はぐらかそうとするアカネさんに、僕は真っ向から尋ねた。

「……もしかして、何か他に理由があるんじゃないですか？」

「なに。ユウトくん、探偵ごっこにでもハマってるの？　日常の謎を見つけたら、解かずにはいられないとか？」

アカネさんは、茶化すように薄い笑みを浮かべていた。

「そうじゃないですけど……」

「ソシャゲのガチャの排出率ってあるじゃん。あれSRが出るのが三％だとするとガチャを百回引けば確実に当たると思うでしょ？　引く度にハズレがなくなっていけば、最終的に箱の中に残るのはアタリだけになるって。でも違うんだって。ハズレを引いたら、またそれを箱の中に戻して引き直す。だから百回引いてもアタリが出ないこともあるし、逆に連続でアタリを引くこともある」

「……急に何の話ですか？」

「一年に何度かサボりたくなる日があって、それをたまたま連続で引いた——そう考えると別におかしくないと思わない？」

「たとえにソシャゲのガチャを使うのは違うと思います。登校するのはアカネさんの気分次第だから、自分でアタリを決められるじゃないですか」

「うわ。めっちゃ冷静に指摘してくるじゃん」

　アカネさんは軽く笑うと、

「てか、あたしがサボろうが留年しようが、ユウトくんには何の関係もないでしょ？　気にする必要なくない？」

「気にしますよ。知ってる人が留年しそうなのを黙って見過ごせません。何か困ったことがあるなら尚更(なおさら)です」

「……真面目だなあ。別にユウトくんが心配してるようなことは何もないってば。普通に友達もいるし、揉(も)めてるわけでもない」

「だったら、明日はちゃんと登校してください」

　僕がそう告げると、アカネさんは苦笑いを浮かべた。

「あー。はいはい。分かった分かった。行けばいいんでしょ。行けば。全く、ユウトくんは心配性なんだから」

「約束ですからね」

「はいはい」

「破ったらハリセンボンですからね」

僕の言葉に、アカネさんは噴き出した。

「……え？　なんで笑ってるんですか？」

「いや、ハリセンボン飲ますって久々に聞いたなと思って。小学生かよ」

「僕は高校生だし、大真面目に言ってますよ」

その時、入店音が店内に鳴り響いた。

どうやらお客さんがやってきたみたいだ。

僕たちの会話は強制的に中断されることに。

そこからは引っ切りなしにお客さんがやってきて、シフトが終わるまでアカネさんと話をすることはできなかった。

帰り際、もう一度念押ししておいた。

約束を破ったら、ハリセンボン飲んで貰いますから。

大真面目な顔で告げる僕を見て、アカネさんはまた噴き出していた。

次の日の朝。僕は普段よりも早く家を出た。

空は雲一つなくて、限りなく透明に近いブルー。

陽光がキラキラと眩(まぶ)しい。

アカネさんに言わせるのなら、絶好のサボり日和だ。

いつも通る通学路を踵を返して逆行すると、本来徒歩五分で着くはずの学校を十分、十五分の距離へと遠ざけていく。

——この辺りでいいかな。

住宅地の歩道にあるカーブミラーの手前で待っていると、対面から制服姿の女子高生がゆっくりと歩いてくるのが見えた。

「げ」

「おはようございます。アカネさん」

彼女——アカネさんは僕の姿を見ると露骨に嫌な顔をした。引きつった笑みを浮かべるとやんわり尋ねてくる。

「……ユウトくん。なんで君がここにいるのかな?」

「迎えに来たんです。アカネさんといっしょに登校しようと思って」

「あたしの通学路を教えたことはなかったはずだけど」

「マキねえに聞きました。本当は家の場所を教えて貰おうとしたんですけど、それはダメだって言われたから。代わりに通学路を教えて貰いました」

「え、何それ。なんであたしの家の場所教えるのはダメなの?」

「たぶん、個人情報的なことを気にしたんじゃないかと」

なるほどねー、とアカネさんは曖昧な相づちを打つと、

「あのさ。あたしがもしここを通らなかったらどうするつもりだったの？　まさかずっと待ってたとか言わないよね？」

「考えてませんでした」

「ええ……？」

「でもちゃんと会えましたから」

僕がそう言うと、アカネさんは呆れた表情になる。

「ユウトくんって、意外と猪突猛進なところがあるよね」

「イノシシ年ですからね」

「や。それは知らんけども。というか、なんでドヤ顔？」

「イノシシって動物の中でも強いイメージあるじゃないですか。小動物以外の動物にたとえられることってあまりないから、嬉しいなと」

「そのリアクションは小動物的で可愛いけどね」

と微笑ましそうに言うアカネさん。そんな彼女に僕は言った。

「じゃあ、そろそろ行きましょうか」

「どこに？」

「学校に決まってるじゃないですか」

僕が言うと、アカネさんは気まずそうな顔をした後、踵を返して歩き出した。

「あれ？　どこに行くんですか？」

「あー……やっぱりあたし、今日はパス」

「は!?」

「何か気分が乗らないから。また明日ね」

ひらひらと手を上げると、アカネさんは踵を返して歩き出そうとする。その先は通学路とは全くの逆方向だった。

「待ってください！　話が違うじゃないですか！　登校するって言いましたよね？　もし約束を破ったら――」

「ハリセンボンを飲ます、でしょ？」

とアカネさんは振り返った。そして笑いながら言う。

「ちゃんと飲むよ。ユウトくんが持ってきてくれたらね♪」

「こ、この人は……！　さては最初から守る気なんてなかったな!?　追及されたらこう言って逃れるつもりだったんでしょ！」

「教えておいてあげる。大人はね、汚いものなんだよ」

アカネさんはふっと口元に笑みを浮かべると、本来ならそこで話は終わるはずだったが――。

「――って、何してんの？」

僕はアカネさんの隣にぴったりとくっついて歩いていた。

「まだ説教するつもり？　いくら言ってもあたしは――」

「僕もいっしょに付き合います」

「は？」

「アカネさんがサボるなら、僕も付いていきます」

「いやいや、何考えてんの。そしたらユウトくんも無断欠席になるじゃん」

「そうなりますね」

「先生の心証も悪いだろうし、欠席が多いと推薦とか貰えなくなるよ。それに授業にも置いていかれるかも」

「大学には普通に受験して入るつもりだから大丈夫です。授業は友達にノートを借りれば追いつけます。それにアカネさんにも同じことが言えますよね？」

「ふっふっふ。あたしはもうとっくにそんな心配をする域にないから。推薦の資格なんてものは一年生の時点で吹き飛んだ」

「恥の感情もその時に置き去りにしてきたんですか？」

僕は呆れながら言うと、

「僕は昔から、一度も学校をサボったことがありません。遅刻もないですし、体調不良の時以外は休まず登校してました」

「そんな感じするわー」

「アカネさんは特に理由はないけどサボってるって言ってましたよね？　ならサボるのはよほど楽しいのかなって。だから、僕も経験として一回してみてもいいかなって。何か発見があるかもしれないですし」

「真面目すぎ。サボるのに理由はいらないし、目的もいらないんだよ。気の向くまま風の吹くままじゃないと」

「なるほど。勉強になります」

アカネさんは「それが真面目なんだって」と苦笑いを浮かべると、説得するのを諦めたかのように肩を竦めてから僕に告げた。

「……ま、約束を破ったあたしにどうこう言う権利はないし。好きにすれば」

「ありがとうございます」

「はー。でもこれ、マキにバレたらきっと怒られるだろうなあ」

「大丈夫です。その時は僕から事情を説明しますから。アカネさんは何も悪くない、全部僕が決めたことだからって」

「そうは言ってもねー」

僕たちは踵を返すと、通学路に背を向けて歩き出した。

サボりを決め込むことにした僕は、アカネさんの後について歩いた。五分もしないうちに近所の公園へと辿り着く。

広々とした敷地を持つその公園は、深緑の並木道が映えている。

ふと見つけた暖色の木のベンチにアカネさんは腰掛けた。手招きしてくれたので、僕もその隣にちょこんと座る。

「何しにきたんですか？」

「別に何も。強いていえばひなたぼっこ」

アカネさんは言った。

「さっきも言ったでしょ。サボりに目的はないんだって。お日様に当たりながらぼーっと時の流れに身を任せる」

「な、なるほど」

言われた通りにしてみた。

日の光がぽかぽかと暖かい。時間の流れがゆっくりに感じる。

今頃はもう、朝のホームルームが始まっているだろう。

不思議な気持ちだ。皆が学校にいる時間なのに僕はそこにいない。

ベンチの近くの広場ではご老人たちがラジオ体操をしていた。健康のためという明確な目的があるからか、学生よりもキレがある。

朝から学校にも行かずに公園のベンチに座っている僕たちを、ラジオ体操をするご老人たちがチラチラと怪訝(けげん)そうに見ていた。

「アカネさん、さっきから見られてますけど。これマズいんじゃないですか？　僕たちがサボってるのがバレてるんじゃ……」

「堂々としていれば意外と大丈夫だよ。変におどおどする方が怪しまれる。今日、学校は休みですけどって顔をしてればいいの」

「慣れてるというか、肝が据わってますね」

「もし学校に通報されても誰かまでは分からないでしょ」

「だけど、直接怒鳴られるかもしれませんよ。それは怖くないんですか？」

近所の人との繋がりが希薄になった現代においても、ご老人の中には他人を自分の子のように叱ってくれる熱い人がいたりする。

サボりだとバレたら、直接怒鳴られてしまう可能性もなくはない。

「全然。だって取っ組み合いになったらあたしの方が強いから。最悪ボコれると思ったら怒鳴られても怖くない」

「それはホントに最悪すぎますね」

そうならないことを祈りたい。


結局、叱られることも、アカネさんがご老人をボコることもなかった。

公園を出た後は、漫画喫茶へとやってきた。

アカネさんが読みたい漫画があるらしい。

学校の制服を着ていても、普通に入店することができた。店員さんは僕らが高校生だとは気づいていたようだけど、特に何も言われなかった。

通されたのはペアで座れるソファのある部屋だった。

一人用の個室より広いけど、二人がソファに座ると身体が触れ合うくらいには狭い。僕の左半身にはアカネさんの体温が伝わってきた。

メロンソーダと一昔前の少年漫画を大量に持ち込んだアカネさんは、黙々とそれを読みふけっていた。

せっかく来たことだし、僕も漫画を楽しむことにした。棚に並んだ漫画の中から、心を惹かれたものを部屋に持ち帰って読む。

それは地上最強の男を目指す格闘技漫画だった。

「ユウトくん、その漫画気に入ったの？」

「はい。めちゃくちゃ面白いです」

と感想を口にする。

「僕もこの漫画の主人公みたいになりたいなあ」

「よし。じゃあ、あたしが一肌脱いであげよう」

「え？」

「ユウトくんの家の壁に罵詈雑言を書いてあげる」

「いや憧れてるのそこじゃないですから。強さの方ですから。家に罵倒の落書きされたいと思う人いないでしょ」

しかも僕の家は持ち家じゃなくて賃貸だから。大家さんに迷惑掛かりまくってしまう。

「どこが面白かった?」

「地上最強になりたいって憧れは僕にもありますから。共感できます」

「ユウトくん、意外と思想がマッチョだよね」

「身体もマッチョになりたいです」

「そしたら白瀬さんが泡吹いて倒れそう」とアカネさんは笑う。「まあ、それはちょっと見てみたいかもしれない」


漫画を満喫した僕たちが次にやってきたのはカラオケだった。

これまた制服姿にもかかわらず、普通に入店できてしまった。考えてみると、店員さんからすると僕たちがサボりだろうが別に関係ないし。そりゃそうか。

部屋に向かう前にドリンクバーを入れるアカネさんを見て、僕は言った。

「さっき漫画喫茶でもメロンソーダ飲んでましたよね。好きなんですか?」

「メロンソーダってコンビニとかスーパーにはほとんど売ってないでしょ? 珍しいから飲んでるだけ。別に好きではない」

珍しいから選んでしまうというのはちょっと分かる。僕も旅行先のパーキングエリアではご当地のソフトクリームを頼むことが多いから。

アカネさんと共に部屋に入った。

「よっしゃ。久々に思う存分歌うかー」

アカネさんが入れた曲は、僕の全然知らない曲だった。

だからだろうか。

最初聞いた時、アカネさんが原曲なんじゃないかと錯覚した。

声が綺麗（きれい）だし、艶がある。

バラードということもあり、思わず聞き入ってしまった。

歌い終わった後、僕は自然と拍手を送っていた。

「どーも」

アカネさんは照れたようにはにかむ。

「やっぱ、好きな曲を何も気にせず歌えるのは気持ちいいね。クラスの友達とカラオケに来る時は気を遣うから」

「気を遣う？　何にですか？」

「マイナーな歌を歌ったら、ちょっと変な空気になるでしょ。バラードをガチで歌うのも場にそぐわない感じがするし」

「え。じゃあ、普段はどんな曲を歌ってるんですか」

「皆が知ってる流行（はや）りの、しかも盛り上がる曲」とアカネさんは言った。「そしたら他の皆も乗りやすいでしょ」

「今のは全然知らない、しかもガチバラードでしたけど」

「ユウトくんに気を遣う必要はないからね。全力で好き勝手に歌える。——ってことで次はそっちの歌声を聞かせておくれ」

曲を入れる機械——デンモクを差し出してくる。

僕は自分の歌う曲を選びながら、アカネさんは歌う時、聞いてる人も退屈させないようにちゃんと気を配ってるんだなと感心した。

僕が男友達とカラオケに行く時は、各々が好きな曲を好きなように歌っていた。お互いがお互いに全く気を遣っていない。

やっぱりアカネさんは、僕よりもずっと大人だ。


カラオケ店を出た頃には、空に赤みが差し始めていた。

久しぶりだったこともあり、楽しくてつい歌いすぎてしまった。喉が痛い。明日には声がかれていそうな気がする。

「いやー、遊んだ遊んだ♪」

空に届くように大きな伸びをするアカネさん。

「楽しかったー。ユウトくんはどうだった？　初サボりの感想は」

「……正直に言うと、楽しかったです」

「あはは。サボることの魅力に気づいちゃったか」

「だけど、それはアカネさんといっしょだったからだと思います。一人だったら別に楽しくなかったんじゃないかって」

「嬉(うれ)しいこと言ってくれるねー」

「アカネさんはどうですか？」

「ん？」

「一人でサボってるの、本当に楽しいですか？」

空気が変わるのを肌で感じながら、告げた。

「僕はそうじゃないんじゃないかって、思ってます」

アカネさんの表情から笑みが消える。

隣にアカネさんがいてくれたから、退屈しないで済んだ。

思ったことを話せたし、感情を共有することができた。

もし僕が誰とも繋がらずに一人でサボっていたら、一日だけならまだしも、二日三日もする頃には飽きてしまうだろう。

「本当は登校しないといけないと思ってるんじゃないですか。だけど、それでも行くことができない理由がある」

アカネさんは今日も楽しんでいるように見えて、時折、負い目のような暗い影を表情に覗(のぞ)かせる時があった。

正直、アカネさんが後ろめたさもなく心からサボることを楽しんでいたら、説得するのは難しいと思っていた。

怠惰だけが原因であるのなら。自由を求めるのなら。

けれどそうじゃない。

今日いっしょにいてそれを確信した。

アカネさんがサボっているのには、やっぱり何か理由がある。

「理由があるなら、僕に話してくれませんか。力になりたいんです」

「……だから何もないってば。考えすぎ」

あくまで白を切ろうとするアカネさんは、仮面の下を見せてくれようとしない。ならばと僕は強硬手段に出ることにした。

「じゃあ、明日も通学路で待ってます。学校に行くにしても、サボりに行くにしても、僕はその後をついていきます」

「それ、あたしがもし今後もずっとサボって登校しないとしたら、ユウトくんもいっしょに留年することになっちゃうけど」

「分かってます」

と僕は答えた。

「それでも良いっていうの？」

「嫌です。めちゃくちゃ嫌です。両親に顔向けできないし、来年後輩の子たちといっしょに授業を受けるのは耐えられません」

「だったら……」

アカネさんが何か言う前に、だから、と僕が制した。

「僕を留年させるのが嫌なら、サボりの理由を話すか、登校してください」

「…………」

アカネさんは唖然とした表情を浮かべていた。

これは脅しだ。そして本気でもある。

そこまでするかとアカネさんは思っていることだろう。だけど、そこまでしないと今の硬直した状況を打開できないと思った。

なのに。

「……ユウトくんは自分を人質にすれば、あたしが折れると思ったんだろうけど。残念ながらそうはならないよ」

アカネさんは口元に軽薄な笑みを浮かべていた。皮肉の笑いを孕んだ声と共に、僕の要求を一蹴する。

「友達からよく悩み相談されることがあるんだけどね。そういう時にあたしはきっぱりとああした方がいいんじゃない、こうした方がいいんじゃないって言ってあげるの。その人がこう言って欲しいんだろうなってことを、的確に見抜いてツボを押すように。そしたら皆はアカネは面倒見が良くて優しいって言ってくれる。けど、そうじゃないんだよね。他人の人生に責任を持つ気が全くないから、好き勝手に言えるだけ」

困惑している僕に、アカネさんは告げる。

「どうしてそうできるか分かる？　あたしは冷たい人間だから。自分以外の他人がどうなろうと関係ないと思ってる。それと同じで、ユウトくんが留年しようとしまいとどうでもいいんだよね。責任を負うつもりもないし。勝手にすればって感じ。だから、ユウトくんの脅しはあたしには通用しない」

まるで揺らいでいなかった。

アカネさんは自分を痛めつけるように、過剰なほどの毒を吐いた。

「ユウトくんのことが嫌いなわけじゃない。気に入ってるよ。ただ踏み込んだりして欲しくないだけ」

そう言うと、

「あたしたちはさ、楽しいだけの関係でいればいいじゃん」

アカネさんはやんわりと諭すように告げてきた。

「家に入り浸って、お菓子を食べながら他愛のない話をして、ゲームしたりお泊まり会を開いたりしてさ。それだけの揺るくて浅い繋(つな)がり」

柔らかいけれど、その口調は乾いていて。

「小学生や中学生ならまだしも、高校生にもなったらさ、お互い踏み込みすぎない、干渉しないくらいの距離感がちょうどいいでしょ」

突き放すように、遠ざけるように。

自分の周りに線を引いて、それ以上近寄らせようとしない。

「だからさ、あたしたちもそういう関係でいようよ。その方が楽だしさ」

アカネさんは場を取りなすためだけにするような、実感の伴わない抜け殻のような笑みを僕に対して浮かべるとそう言った。

いつの間にか、僕たちの間にははっきりと線が引かれていた。決して飛び越えることを許さない境界線がそこにあった。

全てを煙に巻くように曖昧にすると、アカネさんはその場から立ち去ろうとする。その背中を追いかけることは僕にはできなかった。

切り札が通用しなかった以上、何をしていいか分からない。掛ける言葉が、起こすべき行動が見当たらない。

結局、登校させることも、サボっている理由を聞くこともできなかった。

それどころか、喧嘩すらさせて貰えなかった。

僕の決死のかみつきは、アカネさんに軽くいなされてしまった。あの日、チャラい男の人が返り討ちに遭ってしまったみたいに。

アカネさんは自分と他人との間に明確な線を引いている。

そしてそれを越えないし、越えさせない。

摑もうとしても、煙のように消えてしまう。

触れることが、できない。


翌日、アカネさんはなぜか普通に学校へ登校していた。

朝から放課後までちゃんと教室で授業を受けていた——その話をカナデさんに聞いた僕は混乱せずにはいられなかった。

——え？　なんで？　どういうこと？

学校に行けない理由があるから、サボってたんじゃなかったの？

僕と学校をサボったあの日、何かきっかけがあったわけでもなかった。むしろ僕の交渉はアカネさんに撥ねのけられてしまったのだ。

元々、行けない理由なんてなかったのか？　ただ単にサボりたかっただけ？　全部僕の思い込みでしかなかった？

正直、訳が分からなかった。

だから、アカネさんの教室に会いに行った。

「ユウトくん、どしたの」

「学校に来てるって聞いたから、本当なのかなと思って」と僕は言った。「あの、双子の妹さんじゃないですよね？」

そう尋ねると、アカネさんは噴き出した。

「なに。もしかして真に受けてたの？」

「何の前触れもなく登校してきたからビックリして。アカネさんの代わりに、双子の妹のアカネらないさんが来たのかと」

「そんなものまね芸人みたいな名前の妹、いるわけないじゃん」

とアカネさんは楽しそうに笑った。

「だったらどうして――」

「今日は登校してもいいかなって気分だったから。それだけ」

……アカネさんのことが分からない。

その後、アカネさんは学校に来たり来なかったりを繰り返した。数日ちゃんと登校したかと思えば、息継ぎをするかのようにふとサボる。

気まぐれな猫みたいだ。

アカネさんと僕が気まずくなるようなことはなかった。

僕がアカネさんを問い詰めた時も、アカネさんは互いの間に溝ができないよう、その場を上手く取りなしたのだから。

今までと同じように、彼女は学校でたまに話しかけてきたり、放課後はヒマを潰すために僕の家にやってくる。

そしてバイトではいっしょのシフトに入る。

表面上は、元通りの穏やかな日常が戻ってきた。

ある日、僕の元に一本の電話が入った。

それはマキねえからだった。

『今日の夜、お父さんが家に様子を見に行くみたい』

「え……!?」

唐突に落とされた言葉に、思わず動揺してしまう。

「と、父さんが僕の家に!?」

『怠惰な生活を送ってないか、抜き打ちで確認しに行くって。今朝、お父さんがお母さんに話してるのを聞いちゃった』

マキねえは軽い調子で言う。

『もし部屋が散らかってるなら、片付けといた方がいいよ。って言っても、ユウトは綺麗好きだから大丈夫だと思うけど』

あ、とマキねえは言った。

『今日は女の子を家に呼んだらダメだよ。お父さんがユウトの部屋がたまり場になってるのを知ったらえらいことになるから』

「………」

僕は通話しながら、恐る恐るリビングを振り返った。

散らかってはいない。その点は安心だ。

けれど――。

部屋にはアカネさんたちが持ち込んだ私物が置かれていた。

ゲーム機や調理器具、ダンベルなどはまだ自分のものだと誤魔化せても、化粧品や小物や女性用のパジャマとなるとムリだ。

見られてしまおうものなら、言い逃れできない。年上のお姉さんたちが僕の家を溜まり場にしていることがバレてしまう。そうなれば堕落した生活と見做され、即座に実家へと連れ戻されるのは火を見るより明らかだ。

「マキねえ、教えてくれてありがとう。おかげで命拾いした」

『うふふ。お姉ちゃんはいつだって、ユウトの味方だからね』

「でも冷静に考えると、今の危機を招いた理由の結構な割合、マキねえがきっかけのような気がしてきたな」

アカネさんを家に連れてきたのはマキねえだ。

カナデさんが僕のことを知っていたのはマキねえが写真を見せていたからだし、イブキさんもマキねえの友達と言っていた。

今の事態を招いた諸悪の根源――マキねえなのでは？

『じゃあ、ちゃんと伝えたからね。ユウト、ファイト♪』

疑念が深まって形をなす前に、マキねえの電話が切れた。

考えていても仕方ない。今は目の前のことに集中しよう。父さんが家に来るまでの間にアカネさんたちの私物を片付けないと。

僕は証拠隠滅を図るために、部屋の掃除を始めた。目に付くところにある女性陣の私物を押し入れの奥に収納する。

その時だった。

「お、掃除してる」

僕の背後から、アカネさんが覗き込んできた。

「うわっ！　ビックリした！……アカネさん、驚かさないでください。というか勝手に部屋に入ってきてるし」

「だって、玄関の鍵が開いてたから」

そう言うと、アカネさんは玄関の方を指さす。

しまった。閉めるのを忘れてた。

最近はアカネさんだけじゃなく、カナデさんやイブキさんなど、部屋を尋ねてくる人が増えたこともあって施錠が疎かになりがちだった。

「今日はバイトのシフト、入ってませんでしたよね？」

「休みだよ。ただ単にくつろぎに来たの」

アカネさんはそう言うと、ソファにごろんと横たわった。

「はー、ユウトくんの家は落ち着くなあ」

「落ち着きすぎな気もしますけど」

制服のスカートから覗く太ももが目に入り、僕は気づかれないよう視線をそらす。背を向けると部屋の掃除に戻った。

　そんな僕の背中に、アカネさんが声を掛けてくる。

「ねえユウトくん。今日、家に泊まってもいい？」

「え？」

「この前のゲームの対戦の続きでもしようよ」

　そう言うと、僕が反応する前に付け加える。

「あ、絶対変なことしないから。ホント寝るだけだから。ね？」

「チャラい男の人が女性を家に連れ込む時の口説き文句ですか。そういうセリフを女性の側から聞くの珍しいですよ」

　だいたいこういうことを言う人、変なことを考えてるし。下心がある。

　苦笑いを浮かべてから、僕は告げた。

「すみませんけど今日はちょっと。父が夜、抜き打ちで様子を見に来るらしいので。そのために備えないと」

「ああ。例の怖いお父さん？」

「堕落した生活を送ってるとバレたら、家に連れ戻されかねないので。取りあえずアカネさんたちの私物を片付けないと」

「あはは。結構家に置いてるもんね」

アカネさんはそう言うと、

「じゃあ、その家庭訪問が終わってからは？　泊まるの」

「いや、どれだけゲームしたいんですか。そもそも明日は平日ですし。夜遅くまで遊んでたら次の日起きられないですよ」

「その時はサボればいいじゃん」

「簡単に言わないでくださいよ。それこそ堕落した生活じゃないですか。さすがに父さんに申し訳が立たないです」

と僕は言った。

「家に泊まるのは、また週末にしてください」

「……はーい」

アカネさんは不承不承ながら聞き分けてくれた。

その後、アカネさんはソファに寝転びながらくつろいでいた。

時折話しかけてくるアカネさんを僕は構ったり構わなかったりしながら、部屋の掃除を粛々と進めていった。

「それじゃあたし、そろそろ帰るわ」

時計の針が六時を示そうかという頃、アカネさんがそう言った。ソファから起き上がると部屋を出ていこうとする。

「外、雨が降りそうですけど。傘あります？　貸しましょうか」

「持ってきてないけど、まあ大丈夫でしょ」

アカネさんはそう言うと、

「ユウトくん。お父さんとの戦い、頑張って。健闘を祈ってる」

親指を立てて、サムズアップを決めてきた。

僕は「ありがとうございます」と微笑を浮かべながら応える。

アカネさんを見送った後、最後の仕上げに取りかかった。

「……ふう。取りあえずこれくらいでいいかな」

息をつきながら、部屋の中を見回す。

一通りは片付けることができた。

アカネさんたちがいた痕跡は全部拭い取れたと思う。

後は父さんが家に来るのを待つだけだ。

コーヒーでも入れようと思い立ち、台所でお湯を沸かしている間、ふと窓の外を見ると鉛色の雲から雨が降り始めていた。

――アカネさん、大丈夫かな？　傘を持ってきてないって言ってたし、濡れる前に家に帰れてると良いけど……。

自分で入れたインスタントコーヒーを飲み、大人っぽさに憧れてブラックにしたことを後悔していると、スマホに着信があった。

画面には『マキねえ』と表示されている。

『もしもし、ユウト？　お姉ちゃんだけど』

「マキねえ、どうしたの」

と僕は恐る恐る尋ねる。

「父さんのことで何かあった？」

『お父さんの件は変わりないよ。八時くらいにそっちに行くと思う。電話を掛けたのは別に聞きたいことがあったから』

「聞きたいこと？」

『うん。そっちにアカネが行ってない？』

「アカネさん？　さっきまで部屋にいたけど。もう自分の家に帰っていったよ。雨が降り始めるちょっと前くらいに」

『……あの子、何か言ってなかった？』

「何かって？」

『たとえば、家に泊めて欲しいとか』

「ああ、うん。言われた。夜中までゲームして遊ぼうって。断ったけど。父さんが来るし明日は学校があるから」

僕はそう言うと、

「それがどうかしたの？」と尋ねた。

しばし不自然な沈黙が降りた後、マキねえはぽつりと話し始めた。

『私、アカネのお姉ちゃんと知り合いなんだけど。さっき会った時に聞いたの。アカネが家出してるって』

「え？　家出!?」

『ほら、あの子、最近学校サボってたでしょ。学校から家に電話がいったみたい。それで両親にバレて言い争いになって、飛び出していったんだって』

そこまで話し終えると、マキねえは僕に尋ねてきた。

『ユウトはアカネから何か聞いてた？』

「ううん。今初めて知った」

アカネさんはそんなこと、一言も話していなかった。何事もなかったかのように、普段と変わらず飄々としていた。

『ユウトに泊めて貰おうとしてたってことは、泊まるあてがないってことだよね。今日の夜はどこで過ごすつもりなんだろ……』

心配する声。

「……他の友達の家とかは？」

『皆、実家暮らしだからなあ。おいそれとは泊められないよ。それにアカネは迷惑になるからと思って頼らなそうだし』

「そういうの気にするような人じゃないと思うけど」

『いやいや。あの子、ホントは凄く気遣いなんだよ？　クラスのグループでもずっと他の皆に気を配ってるし』

「ええ……？　それ双子の妹さんとかじゃないよね？」

『お姉ちゃんはいるけど、双子の妹はいないよ』

「僕のことはいつも滅茶苦茶からかってくるけど」

『アカネはきっと、ユウトに対しては気を許してるんだと思う』

「そうなのかな」

『そうだよ。アカネがユウトの話をする時は、いつも凄く楽しそうだから。お姉ちゃんが思わず嫉妬しちゃうくらい』

だけど――。

それでもアカネさんは僕に何も打ち明けてくれなかった。飄々と余裕めいた表情で、傷の一つも悟らせないでいた。

そして今、雨の中に行くあてもなく放り出されている。

「マキねえ。僕、アカネさんを探してくる」

『え？　ちょっ、ユウト!?』

僕はマキねえとの通話を切ると、傘を手に取り、家を飛び出した。

雨はさっきよりも強くなっていた。

濡れて鈍色に光るアスファルトの上に、いくつもの波紋が広がる。

マキねえの話を聞いて、確信した。

学校をサボっていたのにもきっと、理由があったのだろう。

けれど、それを隠していた。

僕はアカネさんと仲良くなることができたと思っていた。

マキねえの友達というだけの関係だったけれど、今ではマキねえを介さなくても友達になれたんじゃないかって。

なのに、アカネさんは僕に何も話してくれなかった。

学校をサボっている理由も、家出をして泊まるところがないことも。

自分が弱っているのに、それを隠してふらりと猫のように姿を消してしまった。

話してくれなかったのはきっと、話しても意味がないと思っていたからだ。僕に悩みを打ち明けたところでどうにもならないと。頼りにならないと思われていた。

それが悔しくて、とても悲しかった。

「くそっ……！　出ない……！」

アカネさんに電話しても繋がらなかった。

他に手段も考えつかないから、しらみつぶしに探すしかない。

雨の降りしきる街の中を、ひたすらに走り回った。

最初は傘を差していたけれど、途中から走るのに邪魔だから差すのを止めた。

剝き出しになった身体に、雨粒があたる。

それはしんしんと、毒のように染み込んできた。

濡れて重くなった身体は、ただでさえ少ない体力を削り取っていく。息が上がり、足を前に動かすのすらしんどい。

——日頃からもっと鍛えておくんだった。

後悔の念を振り払うように歩道橋の上を走っていた時だった。

「……あれは」

高架下の歩道を歩いているアカネさんの後ろ姿を見つけた。

「アカネさん！」

呼びかけた声は、雨音や街の雑踏に掻き消される。

その間にもアカネさんの後ろ姿は遠ざかっていく。

このままじゃ見失ってしまう。

追いかけるために慌てて歩道橋を勢いよく駆け下りる。歩道に降り立つと、アカネさんの元に駆けつけようとする。

その時、重くなった足が、足下の窪みに引っかかった。

「うわっ!?」

勢いよくアスファルトにヘッドスライディングする。全身がひりひりと痛い。手のひらや膝小僧が擦り剝けている気がする。

だけど今は構ってる場合じゃない。

「アカネさん!! 待ってください！」

倒れた状態のまま――声を振り絞って叫んだ。

音は大気を震わせ、アカネさんの後ろ姿がゆっくりと動きを止めた。スローモーションのように振り返る。

「――ユウトくん？」

振り返ったアカネさんは僕の姿に気づくと、ぎょっとした顔になる。

「え。ちょっと何してんの。大丈夫!? ボロボロになってるじゃん！ 肘とか膝とか擦り剝けて血が出ちゃってるし」

「だ、大丈夫です。転んだだけですから」

駆けよってきたアカネさんに差し出された手を握ると、僕はよろよろと起き上がる。雨に打たれたまま話し始めた。

「それよりマキねえに聞きました。サボりがバレて家出してるって」

「……なんでマキが知ってんの？」

「アカネさんのお姉さんに会った時に聞いたって言ってました」

「……ちっ。あの人、軽率に話してくれちゃって」

アカネさんは忌々しそうに短く舌打ちをしていた。そんなふうに誰かに毒づく彼女の姿を見たのは初めてだった。

「僕の家に泊めて欲しいって言ったのは、そういうことだったんですね」

投げかけた言葉に、アカネさんは肯定も否定もしなかった。ただ雨に濡れながら、僕のことをじっと見つめている。

「……もしかして、あたしに怒ってる？」

「はい。怒ってます」

と正直に答えた。

「アカネさんはいつも何も言ってくれない。自分が弱ってる時も、それを隠して猫みたいに僕の前からいなくなる」

学校をサボった時も、家出をしている時も。

困ったことがあっても、自分一人で抱え込んでしまう。

「……そんなに僕は頼りになりませんか？」

「え？」

「僕に家出したことを隠してたじゃないですか」

「別にユウトくんが頼りにならないから言ったわけじゃない。あたしが言いたくなかったから言わなかっただけ」

アカネさんはそう言うと、

「あたしさ、ユウトくんの家で過ごす時間、結構気に入ってるんだよね。だからそこに楽しさ以外を持ち込みたくなかった。

それに今日、ユウトくんの家にお父さんが来るって言ってたでしょ？　だから、面倒事を抱え込ませるのは悪いと思ったの」

「人の家に散々上がり込んでおいて、今さら何言ってるんですか」

そう一蹴すると、

「僕はアカネさんに迷惑を掛けて欲しかった。頼って欲しかったんです。……アカネさんの力になりたかったから」

胸の中に秘めていた気持ちを、吐露した。

それは恥ずかしくて、醜い感情だった。

けれど口に出さずにはいられなかった。

「……そっか。ユウトくんはそういうふうに思ってたんだね」

長い沈黙の末に、アカネさんがぽつりと呟いた。

「知らなかった。っていうか、知るところまで踏み込もうとしなかっただけか。あたしのせいで傷つけちゃったね。ごめん」

その表情には、水に溶かした絵の具のように罪悪感が滲んでいるように見える。

「別にいいですよ。それよりアカネさん、どこか泊まるアテはあるんですか」

「あるよ」

「嘘でしょう」と僕は言った。

「ホントだってば。友達の家に泊めて貰うことになったの。だから大丈夫。ユウトくんは安心して家に帰ってよ」

「もし本当だとしても、断ってください」

「え」

「今日は僕の家に泊まってください」

そう告げると、アカネさんは驚いた表情を浮かべる。

「ユウトくん、大胆なこと言うんだね」

「僕はアカネさんのことを信用してませんから」

「でも今日、お父さんが家に様子を来るんでしょ？　あたしが泊まりに行ったら、マズいことになるんじゃないの？」

「そうでしょうね」と僕は言った。「めちゃくちゃ怒られると思います。想像するだけで足が震えてきます」

「だったら——」

「だけど、この雨の中、アカネさんを一人で行かせるわけにはいきません」

頼るだけじゃなくて、頼られる人になりたい。誰かに助けられるだけじゃなくて、誰かを助けられる人になりたい。

高校に入学して一人暮らしを始める前から、ずっと思っていた。

父さんは怖い。

アカネさんを泊めたことが知られてしまえば、堕落した生活を送っているとして実家に連れ戻されるかもしれない。

それでも、ここは退いちゃいけない場面だ。戦わなくちゃいけない場面だ。

「父さんに何か言われたとしても、僕は言い返します。大事な友達が困っていたから、放っておけなかった。僕は僕の正しいと思うことをしてるだけだって。アカネさんを家から追い出させたりはしません」

「……あたしに同情してるのなら、そういうのは止めてよ。別にあたしはユウトくんの家に泊まらなくても大丈夫だから」

「同情で動いてるわけじゃありません」

と言った。

「アカネさんが困ってたり苦しんでいるのを見ると、僕は嫌な気持ちになるから。僕は僕のためにそうしたいだけです」

「……何それ。ユウトくんのわがままじゃない？」

「そうですね。僕は子供ですから」と告げる。「アカネさんみたいに、分別のある大人にはまだなれそうもありません」

「……そういえば、そうだったね」

アカネさんはふっと笑みを浮かべる。

「ユウトくんは困ってる人がいたら、自分より年上の、勝ち目のない相手にも後先考えずに突っ込んでいく子だもんね」

思い出しているのだろう。

大学生の女の人を、チャラい男の人が強引に連れて行こうとするのを僕が止めに入った日のことを。

「アカネさんが頷いてくれるまで、僕は駄々をこね続けます」

降りしきる雨の中、僕はアカネさんを見据える。

自分の意思を伝えるために。

「僕は子供で、わがままだから。絶対に諦めません」

沈黙が続いた後、アカネさんはやがて苦笑いを浮かべた。

「……分かった。降参。あたしの負け」

そう言って、観念したように両手を挙げてみせる。

そして僕に手を差し伸べてくる。

「早いところ家に帰ろうよ。ユウトくん、傷だらけだし。びしょ濡れだし。風邪引く前にシャワー浴びないとね」

差し出された手を、僕はゆっくりと摑んだ。

柔らかくて、温かい。

もう煙になって消えてしまうことはない。

初めて、彼女に触れられたような気がした。

ようやく家に帰ってきた。

父さんが来て帰るまで外で時間を潰していようかとアカネさんが言ってきたけど、僕はその申し出を受けなかった。

僕ほどでないにしろ、アカネさんも雨に濡れていたし、早くシャワーを浴びないと風邪を引いてしまうかもしれない。

それに目を離すと、いなくなってしまいそうだったから。

アカネさんがシャワーを浴びている間に父さんが来る可能性は否めない。

だとしても別に構わない。

僕は何も後ろめたいことはしていないのだから。

説明すれば分かって貰(もら)えるはずだ。

だけど結局、父さんは夜遅くになっても家にはやってこなかった。

後でマキねえに聞いたところによると、今日は残業があって疲れていたから、また日を改めることにしたらしい。

命拾いした。

台風の直撃を免れた僕たちは、布団に入って休むことにした。僕の隣には、予備の布団を敷いたアカネさんが横たわっている。

真っ暗になった部屋には、雨音が響いていた。

「ユウトくんは心配してくれてたみたいだけどさ。あたしが学校をサボってたのは、特別何かがあったからじゃないよ」

ふと、声がした。

それがアカネさんのものだと気づくのに、少し時間が掛かった。

「誰かと揉めたとか、クラスでいじめに遭ったとか、そういうことじゃない。ただ色んなことが少しずつ積み重なって、嫌になっただけ」

「色んなこと……ですか？」

アカネさんが小さく頷いた。

「あたしは元々、学校が嫌いなんだよね。クラスに友達はいるし、時々男子から好意を寄せられたりもするし、端からは充実してるように見えるかもしれないけど。楽しいと思ったことはほとんどない。心の中ではいつも、皆を見下してる」

井戸の中に石を投げ入れるように、無機質な言葉を落とした。暗闇の底に落ちたそれは彼女の心の内側を切り取っていた。

アカネさんは僕の目を見ると、尋ねてくる。

「ユウトくんはさ、体育祭とか文化祭は熱心に取り組むタイプ？　終わった後、泣いたりしたことはある？」

「えっ？　そうですね……行事ごとだから頑張って取り組みますけど。泣いたことはないかもしれません」

「そっか。ちなみにあたしは一度もまともに取り組んだことがないし、泣いてる人たちをどこかで小馬鹿にしてた」

アカネさんは言った。

「ああいう行事って、普段の授業を真面目に受けてなかったり、私語を止めずに他の人の邪魔をしている奴に限って、皆で一生懸命頑張ろうとか言い出すでしょ？　それがちゃんちゃらおかしくってさ。気持ち悪いなって思っちゃうんだよね」

「だけどさ、そんなふうに皆を見下してるのに孤高になるわけでもなく、動画を撮るからってスマホを向けられたら、ノリが悪いって思われたくなくて合わせちゃうの。へらへら薄い笑みを浮かべながら」

「ユウトくんが女の人を助けに入った時もそう。助けた方がいいって分かっていても、動くことができなかった。他人に干渉しない方がいいって言い訳を並べ立てて、その他大勢の傍観者から抜け出せなかった」

「結局さ、あたしは臆病なんだよ。皆のことを嘲っておきながら、皆に嘲られるのが嫌で合わせにいっちゃう。自分だけは周りと違うと思ってても、周りの顔色を窺って迎合することしかできない。学校に行くと、否応ナシにそんな自分を突きつけられるから。嫌気が差してサボるようになった。これが全ての真相。どう？　つまらないでしょ？」

そこまで話し終えると。

アカネさんは蠟燭を吹き消す時のようにふっと笑った。

「はは。なんかちょっと、話しすぎちゃったな」

「いえ。話してくれて嬉しいです」

「だけど、幻滅したんじゃない？　あたしがこんな薄汚れた人間だって知って」

その口元には、嘲りの感情が色濃く滲んでいた。

ぼんやりとだけど分かった。

アカネさんはきっと、僕に同意して欲しがっている。傷つけられて、罵られることで楽になろうとしている。

これはきっと、アカネさんの自傷行為なんだ。

だから、僕は言った。

「そんなことありません」

目を見ながら、ハッキリと。

自分の思っていることを。

そして、アカネさんの思惑に反していることを。

「アカネさんは薄汚れてなんていません。アカネさんは、綺麗(きれい)です」

「……っ!?」

暗闇の中でも分かるくらい、アカネさんの目は見開かれていた。

瞳が揺れている。

ずっと被(かぶ)っていた仮面に罅(ひび)が入り、初めてその下の素顔が覗(のぞ)いた。

そんな気がした。

「な、何言ってんの」

「バイトの時、アカネさんは僕に丁寧に仕事を教えてくれました。出入りする業者の人に紹介してくれたし、仕事ができた時には褒めてくれました。アカネさんが面倒を見てくれたから僕は職場に馴染めたんです」

アカネさんがいなかったら、僕は馴染めずにバイトを辞めていたかもしれない。

「それに僕が女の人を助けようとしてチャラい男の人に絡まれた時、アカネさんは助けに入ってくれたじゃないですか。あのままだと、僕はやられていました。アカネさんは僕を見捨てずに守ってくれました」

アカネさんがいなかったら、僕は大怪我をしていたかもしれない。

「僕は知ってます。アカネさんは普段は飄々としてるし嘘ばかりつくけど、本当は面倒見が良くて優しい人だって。自分に嫌気が差したのは、きっと純粋だからですよ。本当に薄汚れた人はそんなふうに感じないはずですから」

アカネさんが自分のことをどう思っているかは知らない。けれど、少なくとも僕はアカネさんが薄汚れているとは思わなかった。

「それに昨日読んだ本に書いてありました。自分の評価は他人が決めるものだって。だから僕が綺麗だと思えば、アカネさんは綺麗なんです」

少なくとも、それだけは誰にも脅かされない真実だ。

そう言って、僕が微笑みかけた時だった。

「——いたっ!?」

ピン、と。

おでこに弾かれるような痛みが走った。

少し遅れて、デコピンされたのだと気づいた。

「な、何するんですか！」

「……ばーか。あたしの何を知った気になってるんだか。可愛い顔して一丁前に格好良いセリフを言っちゃってさ」

アカネさんは毒づくように言うと、身体を翻し、背中を向けてしまう。

怒らせてしまっただろうか？　僕が不安を抱いた時だった。

「……でも、ありがとね」

暗闇の中、聞こえるか聞こえないかくらいの声量で呟く声がした。

僕に背を向けたアカネさんの耳は、紅葉のように赤くなっていた。

エピローグ

夜が明けると、アカネさんは自分の家に帰っていった。

ほとぼりが冷めるまでは泊まっても構わないと伝えたのだけど、逃げ回っていても何も解決しないだろうからと返された。

後日、両親と和解することができたとアカネさんから連絡を貰った。

それ以来、彼女は学校もサボらずに通っている。

あの日の夜がきっかけなのかもしれないし、単なる気まぐれかもしれない。アカネさんは何しろ摑(つか)みどころがない人だ。僕にはとても、摑みきれない。

そうして僕たちは元通りの日常に回帰した。

僕の家には相変わらずマキねえの友人たちが入り浸っている。

アカネさんにカナデさん、それにイブキさん——姉の友人たちに囲まれて過ごす日常は騒がしかったけれど、密(ひそ)かに結構気に入ってもいた。

皆で集まって駄弁(だべ)ったり、週末にはお泊まり会をしたり。

これからも楽しく過ごしていけたらなと思っている。

ただそんなふうにできるのはきっと、僕たちが知り合いとか友達とか、お互いを異性として意識していないからだ。

誰か一人でも僕を異性として意識する人がいたら、今の関係は瓦解してしまう。楽しいだけの集まりではいられなくなる。

もっとも——そんな心配は杞憂だろうけど。

僕のことを異性として意識してる人なんて、誰もいないし。

ある日の放課後のことだった。

アカネさんが僕の家に遊びに来ていた。バイトに出勤するまでの間の時間潰し。今日は僕とはいっしょのシフトじゃなかった。

アカネさんはソファに深く腰掛け、スマホで漫画を読んでいた。大手の漫画アプリで昔の少年漫画が全巻無料キャンペーンをしているらしい。

勧められたから、僕もアプリをダウンロードして読んでいた。面白かったけれど、話の筋を追っているうちに眠気が襲ってきた。

昨日は、学校をサボった日の分の勉強を夜遅くまでしてたから……。

気づいた時には、意識の糸が切れていた。

どれくらいの時間が経っただろう。

ずっと心地の良い眠りの波に揺られていた僕の意識は、浅瀬へと引き戻される。

目の前の景色がぼんやりと浮かび上がってくる。

アカネさんが僕のことを見下ろしていた。ちゃんと眠っているのかどうか、じっと観察するかのように見つめている。

やがて、ゆっくりと顔を寄せてきたかと思うと――。

僕の唇に、柔らかい感触が触れた。

――え？

僕は自分が何をされたのか分からなかった。

すぐ目の前にアカネさんの顔がある。彼女の唇が僕の唇に触れている。そこでようやくキスされているのだと気づいた。

額でもなければ、ほっぺたでもない。唇に。

アカネさんは以前、お泊まり会の時に言っていた。

――唇にキスする相手は、特別な相手ってこと。

ソファから起き上がった後、辺りを見回すと部屋には誰もいなかった。壁時計を見るとすでにアカネさんが出勤する時間になっていた。

さっきのは夢だったのだろうか……？

けれど、唇に残る柔らかい感触は紛れもなく現実のものだった。

僕たちの関係が、少しずつ変わり始めようとしていた。

あとがき

初めまして。あるいはお久しぶりです。友橋かめつと申します。

この作品はYouTubeの漫画動画チャンネル「キャラ漫画スプリンクラー」に公開された動画を原作としております。

その動画を元に企画をオーバーラップさんに持ち込み、この度ライトノベルとして出版させていただくことになりました。

年上ヒロイン——それも十歳とかの年の差じゃなく、一つか二つ年上の女性ヒロインを書いてみたいと思っていたので、夢が叶いました。

社会人になれば一つや二つの年の違いは誤差に感じられますが、中高生にとっての一つ二つの年上はかなり大人びて映ると思います。

先輩の女子って凄く良いですよね。

後輩女子より、同級生女子より、圧倒的に魅力的だと思います。

僕が中高生だった頃、同級生のイケてる男子が先輩の女子と付き合ってると聞いた時の衝撃は未だに忘れられません。

その時の憧れを形にしたのが本作となります。

少しでも楽しんでいただけましたら幸いです。

よかったら感想などSNSに呟いてもらえると嬉しいです。反応がないと井戸の中に叫んでるような気分になるので……。

以下謝辞となります。

担当のHさん。今回も大変お世話になりました。オーバーラップさんでは4シリーズも書かせていただいて感謝感激雨あられです。今後ともよろしくお願いします。

イラストレーターのえーるさん。最高のイラストありがとうございます！　編集さんにイラストレーターさんの候補を挙げていただいた際、えーるさんのイラストを一目見て「この方がいいです！　何が何でもえーるさんに絶対担当してもらいたいです！」とお伝えするくらい一発で心を撃ち抜かれてしまいました。

YouTube漫画動画の原作と書籍の章末イラストを描いてくださった真木ゆいちさんにも多大な感謝を。チャンネルの開設当初から大変お世話になっております。

またこの本の制作に関わってくださった方。皆さまのお力がなければ、本という形で届けることはできませんでした。本当にありがとうございます。

そしてYouTubeの漫画動画から見てくださっていた視聴者の方々、何よりもこの本を手に取ってくださった読者の方々に最大限の感謝を。

生きてるだけでしんどい世の中ですが、僕の書いた話が日々の生活に何かしら良いものをもたらせたならば、こんなに嬉しいことはありません。

次巻があれば、またお会いできると幸いです。

作品のご感想、
ファンレターをお待ちしています

あて先
〒141-0031
東京都品川区西五反田 8-1-5 五反田光和ビル4階
オーバーラップ文庫編集部
「友橋かめつ」先生係／「えーる」先生係／
「真木ゆいち」先生係

一人暮らしを始めたら、姉の友人たちが
家に泊まりに来るようになった 1

発　行　2022年3月25日　初版第一刷発行

著　者　友橋かめつ
発行者　永田勝治
発行所　株式会社オーバーラップ
〒141-0031　東京都品川区西五反田 8-1-5
校正・DTP　株式会社鷗来堂
印刷・製本　大日本印刷株式会社

Printed in Japan ISBN 978-4-8240-0126-9 C0193

オーバーラップ　カスタマーサポート
電話：03-6219-0850／受付時間 10:00～18:00（土日祝日をのぞく）